THE REIGN OF WOLF 21

〔美〕瑞克·麦金提尔 著

徐蕴芸 译

狼 王 四 部 曲

21号狼的统治

人民文学出版社
PEOPLE'S LITERATURE PUBLISHING HOUSE

著作权合同登记号　图字 01-2023-3681

The Reign of Wolf 21 ⓒ 2020 Rick McIntyre

First Published by Greystone Books Ltd.

Simplified Chinese language copyright ⓒ 2023 Shanghai 99 Readers' Culture Co., Ltd

All rights reserved.

图书在版编目(CIP)数据

21号狼的统治/(美)瑞克·麦金提尔著;徐蕴芸
译. —北京:人民文学出版社,2023(2025.4重印)
(狼王四部曲)
ISBN 978-7-02-018233-6

Ⅰ. ①2… Ⅱ. ①瑞…②徐… Ⅲ. ①纪实文学-美国
-现代　Ⅳ. ①I712.55

中国国家版本馆 CIP 数据核字(2023)第 177484 号

责任编辑　卜艳冰　邰莉莉
封面设计　李苗苗

出版发行　人民文学出版社
社　　址　北京市朝内大街 166 号
邮　　编　100705

印　　刷　山东临沂新华印刷物流集团有限责任公司
经　　销　全国新华书店等

字　　数　153 千字
开　　本　889 毫米×1194 毫米　1/32
印　　张　6.75
版　　次　2023 年 10 月北京第 1 版
印　　次　2025 年 4 月第 2 次印刷

书　　号　978-7-02-018233-6
定　　价　45.00 元

如有印装质量问题,请与本社图书销售中心调换。电话:010-65233595

五个月大的 21 号。在 21 号的父亲、狼群的头狼被枪杀后，狼群被重新安置在适应性围栏里。拍摄 / 巴里・奥尼尔（公园管理局）

八岁的 21 号，黑色皮毛上夹杂着很多灰色。它成为德鲁伊峰狼群的头狼已经有五年多了。拍摄 / 道格・达斯

德鲁伊峰狼在追逐公马鹿。狼是追逐型捕食者，喜欢对猎物进行奔跑式的攻击。拍摄 / 道格·达斯

利奥波德狼群在犹豫是否接近站在原地的马鹿。拍摄 / 马特·梅茨（公园管理局）

21号侦查郊狼窝，在一匹成年郊狼拉它尾巴时做出反应。狼与郊狼的关系存在争议，因为郊狼经常从狼的猎物身上偷肉。拍摄 / 埃尔瓦·鲍尔森

42 号狼是 21 号的长期伴侣，当时八岁。它曾经的黑色皮毛已经变成了灰色。拍摄 / 黛安·哈格里夫斯

21 号回望 42 号和其他德鲁伊峰狼。253 号排在第四位，尽管有永久性的腿伤，但它依然是一个有价值的成员。拍摄 / 黛安·哈格里夫斯

一只德鲁伊峰幼崽通过在雪地上打滚来抓挠自己的背部。狼的爪子大，皮毛厚，对冬季天气的适应能力极强。拍摄 / 鲍勃·韦塞尔曼

21 号与一头灰熊对峙，这头灰熊抢走了 21 号杀死的马鹿。21 号偷偷摸摸地潜过来，咬住熊的尾巴，让熊追着它，而它的家人就可以跑过去啃食。拍摄 / 贝齐·唐尼

斯鲁溪狼群在嗥叫。这个狼群是由 21 号的一个女儿 217 号在 2002 年参与建立的。它的配偶来自莫里斯狼群。拍摄 / 黛安·哈格里夫斯

玛瑙溪头狼。位于上方的狼是 472 号，21 号的另一个女儿。它和来自约瑟夫酋长狼群的 113 号建立了玛瑙溪狼群，也是在 2002 年。拍摄 / 鲍勃·韦塞尔曼

2003 年初，302 号靠近德鲁伊峰狼群的第一天。它的性格与它的叔叔 21 号完全不同。年轻的德鲁伊峰母狼们觉得它有无法抗拒的魅力。拍摄 / 道格·达斯

同一天，302 号和 21 号的一个女儿在一起。那年春天，21 号不得不抚养 302 号和它的女儿们所生的五只幼崽，以及 21 号自己所生的幼崽。拍摄 / 道格·达斯

21 号和 **42** 号最后一天相处的照片。它们将近九岁，是黄石国家公园狼平均寿命的两倍，并且它们在生命中 **70%** 的时间里都是一对伴侣。拍摄 /金·凯泽

目　录

我想着我的琼，我们如何分享一切。

我们当中的一个人被割伤时，两个人都会流血。

我们当中的一个人生病时，我们都会难受。

当你们结婚，你们就是一体。

你与你爱的人结合，连接成为一体。

——约翰尼·卡什 ① 在纪录片《约翰尼·卡什在福尔松监狱的演唱会》（2008 年）中谈到妻子时说

序　言

在阅读本系列的第一本书《8号狼的崛起》时，我发现，瑞克·麦金提尔对狼的行为，以及黄石国家公园狼群内部和狼群之间的动态，进行了令人难以置信的详细描述。我尤其喜欢瑞克把狼的个体故事交织起来，并且融入了坚实的科学研究。瑞克的目标是向普通人解释黄石国家公园狼的生活，但他观察的深度和广度，对动物行为的研究人员和学生也很有价值。简单来说，没有人会比瑞克对狼群的观察更加深入。

瑞克有长期的细致观察，对狼群中的特定个体熟知并跟踪多年，得到了前所未有的故事。多年来，我一直认为瑞克是所有关于狼的事情的最佳求教人选。他的前两本黄石国家公园狼的系列丛书充分证实了我的看法。这两本书是我的必读之作，我曾多次翻阅，并鼓励任何对狼感兴趣的人都来阅读。

《21号狼的统治》延续了《8号狼的崛起》的内容，记录了有史以来最大狼群的崛起。在其鼎盛时期，德鲁伊峰狼群在21号的领导下，多达三十八匹，在拉玛尔谷的巨大领地上拥有绝对的统治力。这匹无畏的公头狼在战斗中无所畏惧，从不退缩，也从不杀死敌狼。更重要的是，在它身边有一个同样忠诚、无畏和智慧的伴侣——42号。它们互相奉献的故事才是本书的核心。

21号是由它的养父8号抚养长大的，8号是本系列第一本书的主角。两者的关系特别密切，在后来的生活中，21号展示了这位导师传授给它的许多领导技能。通过观察8号和它的养子21号，瑞克了解到一个狼群中多匹成年狼是如何合作抚育和喂养它们的孩子的，并且保护它们免受诸如灰熊和敌对狼群等的威胁。

我对野生和驯养的犬科动物（也就是狗家族的成员）特别感兴趣的一点是它们的游戏能力。瑞克在这本书中明确表示，21 号是他有幸见过的最爱玩的狼。这匹高大的公狼（21 号的体形是从它的生父 10 号狼那里继承来的，而 10 号狼是一匹令人印象深刻的高大强壮的狼）喜欢和它的幼崽们做游戏，并且会让幼崽们在摔跤比赛中打败它。瑞克感觉，21 号和年轻的狼群成员在一起时，喜欢假装自己是一匹低级别的狼，这是一种角色的转换。21 号作为公头狼的概念，与我们认为的人类首领应具有攻击性、支配性的人格完全相反。

瑞克还研究了幼崽之间的多种游戏，并且观察了这些游戏，比如追逐和摔跤，让它们准备好了成年后进行狩猎和面对敌对狼群时保护家庭。瑞克的所有观察，听起来都像狗在被允许自由奔跑、相互玩耍或单独玩耍时的表现。几年前，我和我的学生观察到野生郊狼的玩耍与家养狗的玩耍有相似之处。瑞克的报告也将这些相似之处延伸到了狼的身上。

瑞克对黄石国家公园狼群的描述让我想起了珍·古道尔博士早年针对野生黑猩猩的开创性研究。她为每个个体命名，并写下了它们的独特个性，这种做法最初遭到了她的教授们的批评，其中许多人甚至从未见过任何类型的野生动物。当然，她的批评者是完全不正确的，后续对黑猩猩和其他各种动物的研究已经证明了这一点。

正如瑞克曾经听人说过的那样："如果你了解一个人的故事，就很难去恨他。"我想，当你读完本书中充满戏剧、勇气和奉献的故事后，你也会同意的。

马克·贝可夫

科罗拉多州博尔德市

前　言

21 号不见了。它通常每天都和它的家人们在一起，所以它的失踪令人感到不安。21 号是一匹老狼了。它已经活了九年，大概是黄石国家公园里狼平均寿命的两倍。一个月过去了，还没有看到它的踪影。

后来，一位户外运动者在拉玛尔谷的山上发现了一匹死狼和一个无线电项圈。这个人把项圈交给了管理员，管理员又转交给了我。项圈是 21 号的。

一队"狼项目"的工作人员沿着陡峭的山路来到标本岭。我们发现 21 号蜷缩在高海拔草地的一处低矮的山丘上。它躺的位置可以俯瞰拉玛尔谷，在那里，它已经做了六年半的德鲁伊峰狼群的头狼。

在很长一段时间里，我试图弄明白 21 号为什么离开它的狼群，用它最后的惊人力量来到那片草地。它单独去那里一定是有理由的。

几年后，我突然有了灵感来解释它这一行为的动机。我首先向一位朋友解释了我的想法。我说完之后，她开始啜泣。我问她怎么了，她花了一些时间来调整自己，然后说："为什么我就找不到 21 号那样的男人？"让我告诉你她为什么会这么说。

蒙大拿州

阴影部分放大

爱达荷州

怀俄明州

黄石国家公园
东北部地图

302

其他主要角色
2000年—2004年

113

伽德纳

黄石国家公园边界

黄石河

观察溪

地狱咆哮溪

地狱
咆哮

猛犸温泉区

地狱咆哮之古

公园公路

马鹿溪

皆楼路口

黑尾高原

羚羊溪

距麦迪逊路口
21英里①
距老忠实泉37英里

距海登谷地
10英里

0   5英里   10英里

① 英制长度单位，1英里约为1.6千米。

德鲁伊峰狼群主角
2000年—2004年

21　42

U Black　106　103　105　Half Black　253

库克市

银门镇

斯鲁溪

卵石溪露营地　环形草原

2000年106号的巢穴

德鲁伊峰　鳟鱼湖

拉玛尔谷

黄石研究中心　2000年40号的巢穴

贾斯迪谷

2000年42号的巢穴

搭车岗停车场

苏达布特溪

诺里斯山

脚桥停车场　苏达布特角

拉玛尔谷之战

玉髓溪聚集地

亡幼丘

栋木岭

卡什溪

N

①

欧泊溪聚集地

拉玛尔河

镜像高原

距鹈鹕谷12英里

拉玛尔谷前情提要

在本系列的第一本书《8号狼的崛起》中，我讲述了从加拿大引入狼的故事，那是黄石国家公园1995年狼再引入计划的一部分。

在早期到达的狼群中，水晶溪狼群有两匹成年狼和四只雄性幼崽。最小的幼崽是8号，当它们一家被关在适应性围栏里的时候，它还被它的兄弟们欺负了。在狼群被放养到野外后，8号出人意料地证明了自己，它在一头愤怒的灰熊面前挺身而出，帮助拯救了它的兄弟姐妹们。

另一个家庭，玫瑰溪狼群，从初到公园的围栏中放养后不久就筑巢了。母头狼9号生下了八只幼崽。它们的父亲被非法枪杀，使得9号成了单身母亲，几乎没有机会让幼崽存活下来。一队狼生物学家捕获了它和幼崽们，并把它们放回了适应性围栏，打算在六个月后再次放养。

在它们被放养的那一天，8号当时十八个月大，也就是人类的十六岁，碰巧来到这一区域。它发现了一些玫瑰溪狼的幼崽，并与它们交上了朋友。这导致幼崽的母亲接受8号进入它的狼群，成为新头狼。这对这个年轻的狼来说是一个巨大的责任。

那年冬天，在8号帮助抚养它收养的幼崽时，有四个新的狼群被带到了黄石国家公园。德鲁伊峰狼群的公头狼38号是如此强壮，甚至撕碎了自己的金属运输箱。它们被放养后，德鲁伊峰狼袭击了8号的原生家庭，杀死了它们的公头狼，并夺走了它们的领地。幸存的水晶溪狼向南逃去，找到了一个新的山谷定居。这群狼后来被重新命名为莫里斯狼群，以纪念美国鱼类和野生动物管理局局长莫里·比蒂，她在再引入计划开启的第二年去世。莫里一直是狼群恢复的坚定支持者，并在1995年帮助把一些最早的水晶溪狼带到了它们的围栏。

1996年春天，8号和9号生下了幼崽。有一天，8号看到一群狼冲下山，冲向它的家人。那是德鲁伊峰狼群，带领它们的公头狼正是杀死8号父亲的那匹巨狼。8号毫不犹豫地冲向那匹大得多的公狼，决心保护它正在抚养的小狼。两匹公头狼进行了一场全力以赴的战斗，处于下风的8号击败了38号。它狠揍了38号一顿，但选择饶它一命，让它跑了。

那些年轻的狼，包括21号，都见证了8号的勇敢胜利。21号被8号抚养和指导了两年。它通过8号的言传身教，学会了如何狩猎、如何抚育幼崽，以及如何履行公头狼对家庭的责任。

1997年秋天，21号离开了家，当时它两岁半，按人类年龄计算大约二十四岁。在38号死亡后，它加入了敌对的德鲁伊峰狼群，成了它们的公头狼，并像8号抚养它和它的兄弟姐妹一样抚养38号的幼崽。

当21号加入狼群时，德鲁伊峰狼群由一个暴力和专横的女头狼40号领导着。40号最终将它的母亲和它两个姐妹中的一个赶出了狼群，剩下的妹妹42号，多年来一直忍受着40号的欺凌和虐待。我们怀疑40号在1998年和1999年连续两年杀死了42号的幼崽，以确保狼群的资源被用于它自己的幼崽。

从它们相遇的第一天起，21号和42号似乎就互相吸引了，可能是因为它们的性格是如此相似。在接下来的几年里，根据我对这两匹狼的观察，我不禁想到，要是40号发生点什么意外，它们的生活就能变得更美好了。2000年春天，我目睹了一系列戏剧性的事件，从根本上重组了德鲁伊峰狼群。

第一部

2000年

领地地图

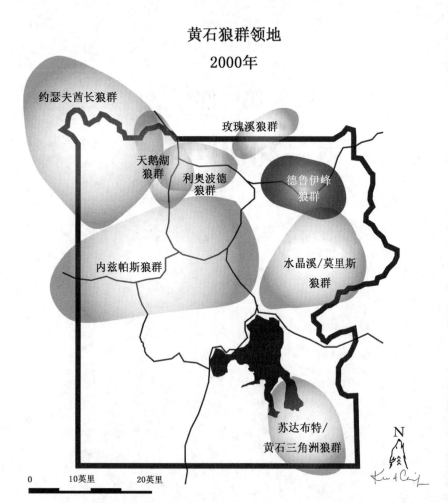

黄石狼群领地
2000年

约瑟夫酋长狼群

玫瑰溪狼群

天鹅湖
狼群

利奥波德
狼群

德鲁伊峰
狼群

内兹帕斯狼群

水晶溪/莫里斯
狼群

苏达布特/
黄石三角洲狼群

N

0　　10英里　　20英里

狼群成员

在一个自然年中，狼群的规模有增有减。这些图表显示了任意一年的主要狼群成员。M=公狼，F=母狼。星号（*）表示被认为已经有自己巢穴的母狼。从其他狼群加入的狼，第一次出现时，在括号内标出原狼群。正方形表示成年狼和一岁狼。圆圈表示幼崽。

德鲁伊峰狼群　1999 年

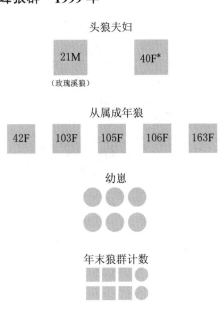

头狼夫妇

21M　40F*

（玫瑰溪狼）

从属成年狼

42F　103F　105F　106F　163F

幼崽

年末狼群计数

德鲁伊峰狼群　2000 年

头狼夫妇

| 21M | 40F* | | 42F* |

从属成年狼

| 103F | 105F* | 106F* | 新灰（M）|

（未知）

一岁狼

| 鞍背（M）| 条纹（M）|

幼崽

幼崽 （圆圈图示）

年末狼群计数

（方块与圆圈图示）

第一章　第一个冬天

从 1994 年到 1997 年，我只有夏天在黄石国家公园工作，秋天就离开了，到得克萨斯州西部的大本德国家公园从事一份公园自然学家的工作。1998 年春天，我在黄石国家公园的职位从自然学家转到了"狼项目"的暑期工作，帮助研究和监测公园里的狼群。我还为公众举办了狼主题讲座，帮助游客观察狼并了解它们的行为。从 1999 年春天开始，我全年都为"狼项目"工作。由于我的工作要求每天在户外活动，随着 1999/2000 年度冬季的临近，我开始担心了起来。我在新英格兰长大，所以也经历过冬季的严寒；但在过去的二十二个冬天里，我一直在沙漠公园工作，我担心自己已经失去了以前忍受极度寒冷的能力。2000 年 1 月，我体验到了黄石国家公园的冬季天气是怎样的。官方记录的温度低至零下 33 华氏度（零下 36 摄氏度），厚厚的积雪完全覆盖了这一地带。有一天，为了检查狼群杀死的一头公马鹿，我们几个人不得不在深雪中跋涉了 1.5 英里的上坡路。这花了我们四个小时，累得够呛。

后来我发现，对无法抵抗寒冷天气的担心原来是有道理的。我在工作中很难保持温暖，因为看狼的时候，我经常要站在同一个地方，一次站几个小时。幸运的是，我发现了暖手贴，这是一种化学材料包，摇一摇就能发热。我还使用了暖足贴，它一面有黏性，所以我可以把它粘在我的袜子底部。如果没有这些辅助工具，我不可能在黄石国家公园的寒冬中存活。

暖手贴和暖足贴有帮助，但在真正寒冷的日子里，核心体温成了一个问题，穿多少层衣服都没用。当我冷到开始发抖时，狼却常常蜷缩着睡在雪地上，完全能适应这种零度以下的天气，这要归功于它们厚厚的冬季皮毛的隔热性能。如果我通过走动也没暖和起来，就得回到车里，打开暖气，体温恢复到正常以后再出去。

那年1月，德鲁伊峰狼群有八匹狼：公头狼21号；母头狼40号；它的妹妹42号；三匹年轻的成年母狼103号、105号和106号；还有两只灰色的幼崽。其中一只幼崽的肩膀上有一块马鞍状的黑毛，而另一只幼崽的背部有突出的黑色条纹，我们把它们称为"鞍背"和"条纹"。现在，这两只幼崽已经八个月大了，有足够的耐力跟上成年狼的步伐，跟着狼群在黄石国家公园东北部的拉玛尔谷的大片领地上四处行走。

也是这个月，当我在观察德鲁伊峰狼时，我了解到狼在雪地里给自己做个"床"是多么挑剔，尤其是42号。在一个寒冷的早晨，我看到它花了两分钟时间，快速在深雪中刨出一个凹坑，然后在"床"上踩出几个细密的圆圈，最后才趴下蜷缩起来。这个坑让它避开了风，最大限度地减少了热量损失。当它在雪地里踩圈的时候，我想到了狗，甚至是曼哈顿温暖的豪华公寓里的贵宾犬，在准备趴下的时候也会有类似的动作，这是它们的野狼祖先对冬季气候的适应性遗传。

地松鼠在寒冷的月份里会冬眠，与此不同的是，田鼠这类小型啮齿类动物全年都在活动。在黄石国家公园漫长的冬季里，它们在雪地里挖地道到觅食区。田鼠只有几盎司①重，但对狼来说是一种零食，就像人吃几粒花生一样。狼，无论是幼崽还是成年狼，似乎都喜欢挑战试着捕捉它们。田鼠还可以作为狼幼崽的活体玩具。

我看到等级最低的德鲁伊峰母狼106号在深雪中挖掘，然后把

---

① 重量单位，1盎司约为28克。

嘴塞进洞里。它一定是听到了田鼠在那里打洞。然后，狼扑向附近的一处，试图用前爪按住一只田鼠。显然，它失手了，因为它又在那个地方挖了起来，然后把头伸进挖掘的地方。鞍背跑过来想帮忙，但只是挡了路。这两匹狼扭打了一会儿，然后转而玩起了摔跤。

在这个月的晚些时候，我看到106号在玩它刚抓到的一只活田鼠。它用一只前爪把它推来推去，然后在田鼠钻进雪里的时候又把它挖出来。在抓到它之后，它允许它跑掉，但很快又把它抓了过来。106号躺下，轻轻叼着田鼠。田鼠从它嘴里跳出来，跑开了。它又轻松地抓住了田鼠。这时，这只小动物似乎已经死了。一只幼崽跑过来，玩着这只没有生命的田鼠。它让田鼠从陡峭的雪地上滚下来，追逐并抓住它，然后用鼻子推着田鼠走。这个动作使田鼠看起来像又活了，当它从雪地上滑下来的时候，幼崽又追上去抓住了它。

我从来没有在初冬的交配季节观察过狼，所以我寻找迹象，看21号在它狼群中的五匹母狼身上是否还有浪漫的兴致。有些人可能会认为，公头狼只与母头狼交配，但由于21号加入狼群后，与任何一匹母狼都没有亲缘关系，它有可能与任意一匹母狼交配。

1月5日，我看到42号摇着尾巴去找21号。它舔了舔21号的脸，21号闻了闻它的屁股，这是公狼检查母狼繁殖状况的方式。21号没有做任何进一步的动作，这表明42号还没到时候。十天后，21号去找40号，试图骑它。它还没有完全准备好繁殖，所以转过身来，想咬21号一口。21号接受了暗示，走开了。在未来的几年里，我看到21号对母狼非常尊重，谦逊地接受拒绝。

1月21日，我参与了第一次给狼戴无线项圈的工作。项圈是在冬天佩戴的，部分原因是深雪使狼逃离直升机的速度减慢，而慢一点的目标更容易被射中。黄石国家公园的"狼项目"试图在每个狼群中至少给两匹狼戴上项圈。在任意一年里，平均25%的公园狼有项圈。"狼项目"使用的无线电项圈重约1.3磅，略高于黄石国家公园成年狼平均体重的1%。电池可以维持四年，但有时会提前失效。当项圈失效时，它们有可能被替换，换不换取决于狼群中有多少匹狼被戴上项圈，单匹狼对正在进行的研究的重要性，以及这匹狼是否能被再次捕获。

清晨时分，我在苏达布特溪以南发现了德鲁伊峰狼，然后打电话给道格·史密斯，他会在直升机上射击。"狼项目"的另一位生物学家凯里·墨菲和飞行员罗杰·斯特拉德利在一架超级小熊飞机上。他们充当侦察员，引导直升机飞行员前往狼群。

上午十点左右，飞机到达，绕着狼群转了一圈，并锁定了40号，工作人员想击中这匹狼，以便更换它的项圈，因为项圈已经不工作了。直升机从西边飞来。由于追踪飞机常年围绕着狼群，它们通常对飞机的存在没有反应，但它们会从直升机的声音中跑开。它们已经知道，旋翼的声音意味着即将有一次射击行动。

道格被牢牢地绑着，靠在飞行器的右外侧。他向40号发射了一支麻醉镖，看到它跑进了树林里。直升机降落。他跳了下来，跟踪着40号的足迹，发现它躺在雪地里。在给它做了体检，观察了伤口、疾病和整体健康后，道格在它的脖子上套了一个新项圈。工作人员用无线电告诉我它的新的发射频率，我回电给他们，说我的接收器收到的信号很好。第二天早上，我看到它又回到了狼群里，表现得像什么也没发生过一样。

2月3日，德鲁伊峰狼群一匹级别较低的母狼105号，走向21号。21号闻了闻它的屁股，然后走开了，显然对它不感兴趣。不久之后，42号走到21号身边，摇了摇尾巴，然后把尾巴摆到一边，露出了它的屁股。这被称为"尾巴厌恶"，是母狼做好繁殖准备的一个信号。次日，它又这样做了，21号骑在它身上，但滑了下来。21号摇了摇尾巴，再次尝试骑上它，又一次掉了下来。我很快知道，在真正的交配发生之前，公狼通常需要多次尝试。

21号的第三次尝试成功了，它和42号进入了交配状态。狼的交配时间可以从几分钟到半小时以上，没人确定交配时长的变化是否有任何生物学上的意义。在交配过程中，两匹狼似乎被锁在了一起。如果附近发生干扰，它们会挣扎着脱离，可能需要痛苦地尝试几次。40号对21号给它妹妹的关注感到不满，跑过去攻击42号，42号现在背朝上，仍然与21号连接着。阻止交配已经太晚了，所以40号离开了，42号站起来，与21号尾部相连。六分钟后，这对狼分开了。这是我第一次见到狼的交配，特别有意义，因为是21号和42号。我观察和研究了它们多年，觉得它们之间有一种特别亲密的关系，可能是因为它们两个性情相投，在对待其他狼群成员时，似乎更喜欢用合作而不是暴力的方式。

几天后，21号嗅了狼群中所有母狼的屁股，除了母头狼40号。之后的三天，它偶尔也会嗅嗅40号的，但没再做什么。那天晚些时候，等级最低的母狼106号反复站在21号面前，把尾巴摆到一边，表示它想交配。21号骑上了它，但很快就滑了下来。它继续尝试，最后成功连接。在这个过程中，40号走了过来，打断了它们，并朝向21号，把它的尾巴摆到一边，但21号没有理会，可能是因为40号还没到时候。

2月12日，在连续几天无视40号，甚至在它摆尾时都懒得去闻它之后，21号对它表现得多了一点兴趣。40号现在对42号的攻击性更强了，多次按倒并咬它的妹妹。42号进行了反击，但总是输。两位狼的观察者，马克和卡罗尔·里克曼，对我帮助很大；他们注意到42号的腿上有一道血淋淋的伤口，肯定是40号咬了它。后来我看到40号站起来，走到42号身边，无缘无故咬了它。我看到21号对42号的关注多于对40号的关注，所以40号肯定也意识到了这一点，这很可能促使它这样对待它妹妹。还有一个问题是，这个狼群有五匹母狼，都可以生下幼崽。我估计，像40号这样性格跋扈的狼，想成为狼群中唯一一匹育崽的母狼，而且它不介意用暴力来达到它的目的。它曾两次看到21号与42号交配，很可能怀疑它妹妹怀孕了。

由于我不可能每时每刻都监视德鲁伊峰狼，所以21号很有可能在我没看到的时候与40号交配了。我确实看到它骑在40号身上好几次，但从来没有目睹过一次完整的交配。四天后，40号似乎已经过了繁殖期。它走到21号身边，嗅了嗅它。21号没有理会它，它也没有摆尾巴。

到了2月下旬，德鲁伊峰狼群的生活逐渐恢复正常。一天晚上，我看到两只幼崽鞍背和条纹在互相玩耍。21号也加入了进来。它在儿子们身边嬉戏，与它们摔跤，表现得好像它们能打成平手，尽管它的体形要大得多，而且还是头狼。后来21号躺下，其中一只幼崽跳到它的身上。这只年轻的雄性幼崽将它的前爪搭在父亲的脖子上，它们用嘴撕咬着。21号给我留下深刻印象的一点是它爱玩耍的个性。它是一个大块头，是匹看起来很强硬的公头狼，肩负着重大的责任，但它似乎真的很喜欢和它的家人打闹。

然后40号让我吃惊了。它走过去，向其中一只幼崽打了个顺从的招呼，并舔了舔它的脸，就像一匹低等级狼对头狼所做的那样。它跑开了，但很快就停了下来，转过身来，向那只幼崽做了个游戏邀请鞠躬，然后又跑开了，邀请那只幼崽来追它。幼崽追着它跑，跳到它的背上。它玩闹着冲幼崽吠了一声，然后又一次跑开了。我以前从未见过它对低等级的狼群成员有如此俏皮的行为。但后来我意识到，由于这两只幼崽都是雄性，它们对它的头狼地位并不构成威胁。

3月2日，黄石"狼项目"的深冬研究开始了。该项目每年冬季进行两次、各为期三十天的研究。早冬研究从11月中旬到12月中旬，晚冬研究在3月份进行。其中一项任务是让工作人员和志愿者记录这三十天内所有的狩猎和捕杀。我和一位名叫梅丽莎·安德烈的新志愿者在德鲁伊峰狼小组。

在研究的第四天，我们看到鞍背和条纹帮助德鲁伊峰头狼追赶一头母骡鹿。狼群在它还没开始跑的时候就把它拉倒了。它一定非常虚弱，经历了一个漫长而寒冷的冬天，只有前一个夏天留下的干枯植被作为劣质食物。第二天，我们检查了一头大野牛，这头野牛已经有好几天无法站起来了。几个小时后，它就死了。德鲁伊峰狼发现了尸体，并啃食了多日。年老体弱的动物经常在深冬时节死于自然原因，它们的尸体是狼群容易获得的食物来源。

在冬天，狼不用对付偷吃它们猎物的灰熊，因为灰熊在自己的窝里睡觉。早春的情况就不同了。我在3月10日发现了第一头走出洞穴的灰熊。它看起来很胖，身材很好，尽管自秋末以来没有吃过任何东西。不过，这头熊看起来确实有点昏昏沉沉。我注意到它经常停下来闻空气，可能是希望闻到尸体的气味。我最近曾经见到42号经过那个地区。这头熊发现了42号的气味踪迹，并跟着走，很可能认为这会把它带到一个捕杀之地，得到一顿免费大餐。

3月中旬，我在脚桥停车场以北的森林巢穴区收到了德鲁伊峰狼的信号。这里是40号可能哺育幼崽的地方。由于树林遮挡，我无法看到狼群，但我听到了这一地区传来的痛苦叫声，可能是40号在攻击42号。几分钟后，狼群进入了我的视线，我看到42号正在舔屁股上的一个新伤口。这两姐妹现在接近五岁，按人类的年龄计算大约是四十二岁。40号殴打42号的模式已经持续了好几年。

第二天，我看到了21号和它的儿子鞍背和条纹在追赶一个足有二十头公马鹿的马鹿群。鞍背跑到它父亲的前头，追上了跑在最后的公鹿，抓住了它的一条后腿。公鹿甩开幼崽就跑。然后两只幼崽在公鹿的两边跑着。21号就在它们身后。40号加入了追逐的行列。公鹿跑到了一个山脊背后。一分钟后，一群乌鸦在那片区域反复盘旋，表明狼群已经杀死了马鹿。当天晚些时候的追踪飞行证实，狼群确实在那里获得了一具尸体。后来对那头公鹿进行检查时，发现它的骨髓状况非常差。骨髓往往是马鹿储存的脂肪中最后被使用的部分，所以这头公鹿已经处于筋疲力尽的状态。

后来21号和幼崽们又出现在了我的视野中。鞍背和条纹开始一起玩耍，它们的父亲也加入其中。我看到21号和一只幼崽扭打在一起，这匹大公头狼被它的儿子按倒在地。之后，它们做了一个互相撕咬的游戏，然后21号绕着那片区域追赶那只幼崽。另一只幼崽看到这个游戏也加入了其中。漫长的冬季即将结束，很快狼群就会养育新的幼崽，这是一年中狼群最为兴奋的时刻。

第二章　叛乱

　　进入 4 月后，我试图跟踪德鲁伊峰母狼们，看它们在哪里筑巢。40 号把主巢穴设在了脚桥停车场附近。但是其他怀孕的母狼呢？我曾在 2 月 4 日看到 21 号与 42 号交配，几天后又是 106 号。孕期为六十三天，42 号的预产期是 4 月 7 日，106 号的也在那之后不久。虽然我没有看到 40 号和 21 号交配，但看起来它已经怀孕了，可能会在同一时期产下幼崽。4 月 2 日，我们在拉玛尔谷的南侧收到了 42 号的信号，在距离德鲁伊峰狼主巢穴以西 5 英里处。三天后，我在特劳特湖的西北部收到了 106 号的信号，距离主巢穴以东约 4 英里。看起来它们正计划在这些地方产崽。

　　到了 4 月 10 日，我在西边巢穴同时收到了 42 号和年轻母狼 105 号的信号。由于 105 号看起来没有怀孕，我认为它是在那里帮助 42 号照顾它的新生幼崽。103 号项圈上的电池耗尽了，所以我们无法跟踪它，但从我所了解的情况来看，它也在帮助 42 号。我的印象是，多年来，42 号对那些年轻的母狼都很好，比 40 号做得好很多。40 号曾经把那些母狼的妈妈也赶出了狼群。可能出于这些原因，两匹年轻的母狼在帮助 42 号而不是 40 号。条纹和鞍背现在正式成为一岁狼了，与 21 号和 40 号一起驻扎在主巢穴。追踪飞行证实，那个春天德鲁伊峰狼有三个独立的巢穴。

　　4 月 13 日，我看到 21 号带领一群德鲁伊峰狼向 42 号的位置走去。它们消失在森林里，105 号可能在那儿协助 42 号照顾它的幼崽。我看到 21 号和其他狼在树林中的一个小豁口处嬉戏。它们似乎要和那两匹母狼会合。当它们聚集在一棵大枯树的周围时,我们可以看到 42 号在树根之间挖出了一个洞穴。它的幼崽还太小,不可能冒险到地面上来。从那时起,103 号和 105 号就驻扎在了这个地方。

40 号也在探访团中,我注意到它肚皮上的毛不见了,这是它正在哺乳的迹象。想到 40 号很可能在 1999 年和 1998 年杀死了它妹妹的新生幼崽,我担心起这匹母头狼的意图来。然后我听到了痛苦的叫声。我看不到树林中的狼群,但是猜测 40 号正在咬它的妹妹。那是在上午九点二十五分。这一整天,我都在 42 号的巢穴那里继续接收这些狼的信号。傍晚时分,21 号再次出现在森林边缘,身边还有一匹一岁狼。40 号和 103 号很快就和它们一起走了。我得到的信号表明,42 号和 105 号已经回到了巢穴。天黑后,我很不情愿地离开这个地方,回家去了,我担心 40 号可能伤害了它的妹妹或妹妹的幼崽。

第二天早上,狼群的大部分成员,包括 103 号、105 号和两匹雄性一岁狼,都在 42 号的巢穴里玩耍,42 号表现得好像一切都很正常。40 号和 106 号不在,可能在它们自己的巢穴里。有这么多狼群成员和 42 号在一起,说明它的幼崽很好,其他狼在帮助它照顾它们。

随着时间的推移,21 号多次从主巢穴前往 42 号的巢穴。有一天,它独自杀死了一头马鹿,然后把肉送到西边的巢穴里。当它离开时,它的肚子看起来小多了,所以它很可能还把肉反刍给了 42 号的幼崽们。成年狼在肚子里携带的肉比在嘴里携带的要多得多。而像 21 号这样的大公狼可以大口大口吞下 20 磅肉,用肚子把肉带回家。狼窝里的狼会舔它的嘴,引发反刍,吐出像炖肉块一样的东西。放下所有的食物后,21 号回到了马鹿尸体旁,吃到肚子饱为止,然后带着另一大块肉去了 40 号的巢穴。第二天,我瞥到了 40 号。它的皮毛很脏,说明它刚从巢穴出来;它的乳头胀大,表明它正在哺乳幼崽。

由于幼崽在三个不同的窝里，这对德鲁伊峰狼群来说将是一个复杂的穴居季节。我觉得，21号会胜任这项工作，尤其是5月初，我看到它巧妙地处理了一个食物运送的问题。它越过公路到南边去啃食一具动物尸体，需要把食物带回给主巢穴的40号和幼崽们。这匹狼向路边走来，有一群人聚集在那里对它观察和拍摄。21号偏离了它的路线，向东走到一座小山后面，这样它就可以避开人群的视线。每个人都冲向自己的车，向东开去，希望能拍到更多它的照片。我在较远的地方观察，看到21号调了个头，向西小跑，然后穿过马路，正好是人们刚刚还在的地方。我想起前一年，当它试图返回巢穴时，不得不向西走了6英里，以绕过跟在它后面的一排汽车。在它穿过公路后，又走了6英里才回到巢穴里的幼崽身旁。这一次，它想出了如何在人群中取胜的办法。

我在黄石研究中心附近找到了一个地方，可以很好地观察42号的巢穴。103号、105号和一匹一岁狼趴在枯树边上。另一匹一岁狼来了，103号跑去迎接它。它向103号反刍，103号很快把肉吃了。两匹一岁狼走到了巢穴洞口，向里面看去。42号走到一岁狼反刍的位置上，吃起了剩饭。

傍晚时分，42号和一岁狼出去打猎了。它们追赶一头母马鹿，追上了它。当42号与它并肩奔跑时，母马鹿向侧面踢了一脚，把狼踢倒了。翻滚了几圈后，42号跳了起来，继续追赶，看起来没受伤。一岁公狼抓住了马鹿的一条后腿，但被甩掉了。42号追上了马鹿，咬住它的后腿。母鹿摇晃着那条腿，狼松了口。我看到那头马鹿正向河的深处跑去。42号在马鹿入水后追上了它。母鹿停了下来，逼着42号站在那里。一岁狼跑了过来，我瞥见狼试图攻击它。然后第二匹一岁狼来了。我可以看到狼在水中来回奔跑，但河岸挡住了我的视线，看不到母马鹿。我听到了很多溅水的声音。然后天就黑了，我不得不离开。第二天早上，我在那头母马鹿的尸体旁看到了42号和一岁狼。

我对其他狼群成员——两匹年轻成年母狼、两匹雄性一岁狼以及21号——给42号的帮助留下了深刻印象。但我也想到40号在前两个春天很可能杀死了42号的幼崽，我担心它会试着做同样的事情。

啃食之后，42号向它的巢穴走去。103号、105号和那匹没有去找尸体的一岁狼跑下来迎接它。一分钟后，我在巢穴的入口处发现了一只小小的黑色幼崽，和一只地松鼠差不多大。它大概有三周大。两匹成年狼上去闻了闻它。很快就有更多的幼崽在巢穴附近跌跌撞撞地走来走去，但由于光线不好，我数不清楚。在接下来的几天里，大家来来往往的，有很多家庭成员来探望幼崽和42号。它似乎很愿意让它们进入巢穴，看看幼崽的情况。

有一天，我在巢穴的上坡处发现了一头山狮。如果狮子发现巢穴无人看管，它很容易就会杀死并吃掉幼崽，但是有42号、两匹年轻母狼和两匹雄性一岁狼在那里，幼崽们得到了很好的保护。再加上21号经常来探望，它自己就可以对付那头山狮。

5月4日，我在巢穴那里看到了三只黑色的幼崽。105号轻轻地叼起其中一只，把它带回洞口，另外两只跟着它进去了。附近还有第四只黑崽子。那天，105号负责照看幼崽，它的工作是确保这些脆弱的幼崽不会离巢穴的安全区太远。次日，我似乎看到一匹躺下的黑狼，随后意识到这是一堆聚在一起的幼崽，至少有五只。第二天，我数出了六只：五只黑崽和一只浅色的。这比黄石国家公园一窝四到五只幼崽的平均数量略高。

当天早上，母狼们又杀死了一头猎物。42号和103号追赶一群母马鹿。103号抓住了最慢那头的后腿，42号跑过来咬住了母鹿的肩膀。103号放开了马鹿的腿，咬住了它的喉咙。马鹿把狼抬离了地面，但它还是咬住不放。105号跑过来，帮助另外两匹狼把母马鹿拉倒了。那是追捕开始后的三分钟。一分钟后，母马鹿死了。这三匹母狼协调了它们的追逐和攻击，就像任何一支特种部队所做的那样。这是一个令人印象深刻的团队。

当天上午，塔楼狼群的三匹狼来到了这个地区，这是一个新组成的狼群。创始成员来自玫瑰溪狼群，也就是21号出生的那个家庭。三狼团向新的马鹿尸体走去，但又退了回来，可能是它们闻到了德鲁伊峰狼群的气味。很快，103号从巢穴里下来，朝现场走去。它看到了那三个入侵者，它们也发现了它。103号继续朝它们走去，可能误以为它们是德鲁伊峰狼的同伴。然后它意识到了自己的错误，便把尾巴夹在两腿之间，向巢穴跑去。三匹塔楼狼追着它跑。103号消失在巢穴下面的森林里。外来者停下了来，向斜坡上看去。团队中的一匹大公狼四处嗅了嗅，可能闻到了其他德鲁伊峰狼的气味，包括21号。三匹狼转身，很可能明白它们的数量不够，走到尸体旁啃了几分钟，就离开了领地。

我每天都要检查几次来自40号巢穴中的信号。5月7日晚上八点四十七分，我收到了40号和21号的信号，表明它们正在离开主巢穴，向玉髓溪聚集地进发。在过去的几年里，一旦幼崽有能力出行和穿越道路、小溪和河流，该地区就会被狼群作为一个方便的中心地点。我很快发现头狼夫妇与42号、105号和鞍背相会了。40号去追它的妹妹，极具攻击性地按倒了它。105号走开，带领大家向42号的巢穴走去。42号从40号身下爬出来，追着105号跑。然后40号跑向105号，把它按倒了。它对其他母狼表现出的统治力更甚平时。

鞍背现在正带领大家到42号巢穴下面的区域。105号摆脱了40号，跟着它跑。头狼夫妇和42号也跟着跑了起来。到了晚上九点，天色暗得看不清了，但狼群仍在向42号的巢穴方向前进。我对40

号去那里有一种不好的预感，电影《大白鲨》的主题曲出现在脑海中。由于两匹年轻的母狼和两匹一岁狼大部分时间都和42号在一起，这意味着主巢穴的40号和它的幼崽获得的食物减少了。如果它以前杀过妹妹的幼崽一次，它可能会再次这样做。

第二天一早，我又回到了我的观察点。信号显示，42号和105号在巢穴附近，而且我可以看到103号在巢穴的树旁趴着。一切似乎都很正常，但我看不到任何幼崽。我寻找了一下40号的信号，非常强烈，但我无法确定方向。我想知道为什么它还在这个区域，而不在它的巢穴里。在完成对德鲁伊峰狼的检查后，我驱车向西去监测玫瑰溪狼群。

上午七点四十分，我接到了狼观察者安妮·惠特贝克的无线电话。她告诉我42号巢穴以北的公路上有一匹受伤的狼。当我到达时，执法管理员迈克·罗斯已经在现场了。他示意了我一个角度，我们可以看到那匹受伤的狼躲在离公路几英尺①远的一个涵洞里。这匹狼浑身是血，躺在3英寸②深的冰冷的水里。是40号！看到它如此无助和脆弱的样子，我惊呆了，要知道它总是能完全掌控任何状况。它遭遇了什么？

迈克和我回到停车场，大家面对面商量办法。我们听说，40号首先被看到在公路边走来走去，然后躲进了涵洞，像在寻找一个藏身之处。我们回头看了看，发现它现在已经站立了起来，走来走去。但它蹲伏着在走，显然很痛苦。血液集中在它的臀部周围和脖子后面，通常是其他狼攻击的部位，但由于它离公路这么近，也有可能是车辆造成的伤害。通常情况下，如果动物因自然原因受伤，公园管理局不会进行干预。但由于这匹狼可能是因为人类的活动而受伤

---

① 英制长度单位，1英尺约等于0.3米。
② 英制长度单位，1英寸约等于2.5厘米。

的，管理员和"狼项目"的生物学家们决定捕获 40 号狼，把它送到兽医那儿治疗。凯里·墨菲和汤姆·齐伯从办公室出来，带着捕捉设备、镇静药物和笼子。

一切安排妥当后，我们走到 40 号那儿，它正趴在地上。我们中的一个人用棍子碰了碰它，测试它的反应。它没有反应。我们按住它，用纱布包住它的嘴，然后再用胶带缠住。它的爪子也被绑了起来，以防止它挣扎和弄伤自己。我看了看它的脸，发现它的眼睛是睁开的，但它似乎并不是很清醒。它一定是受到了惊吓，身上很湿很冷。我感觉它并不痛苦。

绑好它后，我们仔细查看了它的伤口。它的屁股和腹部有咬痕，但更严重的是它脖子后面的伤口。透过那道深深的伤口，我可以看到白色的脊柱。疑问解决了：它被其他狼攻击了。这是一个正在哺乳的母亲，它的巢穴里还有很小的幼崽。如果我们放弃让它接受治疗的计划，不仅它会死，它的幼崽也可能会饿死。

我看了看围观我们的一群人。他们中大多数人都认识德鲁伊峰狼，当他们看到 40 号的伤势时，都非常心疼。所有处理 40 号的人都同意坚持原来的计划，把它送到兽医那里。我们用毯子把它包起来，抱到停车场，再把它放在一辆双排皮卡的后座上，开了半英里到拉玛尔谷管理站，迈克·罗斯住在那里。我们一到那里，他就把几个水壶装满热水，放在狼的身体周围给它取暖。汤姆·齐伯和我在车上陪着 40 号，暖气开得很足。我看到汤姆转头看了看它。过了一会儿，他悄悄地说："它已经停止呼吸了。"迈克是一名紧急医疗技术员，他确认 40 号已经死亡。

我们把 40 号的尸体送到了蒙大拿州渔业、野生动物和公园管理局进行全面的尸检。他们告诉我们，它的死亡是由狼群的咬伤造成的。在我们发现它的那个早上，除了德鲁伊峰狼之外，没有任何其他狼群的信号。这意味着是它自己的狼群杀死了它。

　　我试着想象一定会发生的事情。我猜 40 号去了 42 号的巢穴，看到了 42 号的一只幼崽，去追它，打算杀死它，然后再杀死其余的幼崽。在那一刻，我猜 42 号终于受够了它姐姐的暴力，于是袭击了它，试着救出幼崽。但在战斗中，42 号没有足够的攻击性或力量来打败 40 号。

　　40 号似乎被不止一匹狼咬过。这是个线索，帮我理清可能发生了什么。在这两姐妹的战斗中，40 号取得了胜利；而 42 号的盟友，年轻的母狼 103 号和 105 号，一定是跳到了它身边去，形成了三对一的局面。多年来，40 号对这些母狼施加的所有不必要的欺凌和攻击都回报到了它身上。它们一定是打败了它，把它打得落花流水，但又退后一步，让它离开。这就是它如何从巢穴走到我们发现它的那条路上的。

　　40 号和 42 号每天都生活在一起，已经有五年多了。40 号用攻击来处理问题，而它的妹妹则用合作。42 号一直在遭受 40 号的欺凌，但它与年轻母狼的长期合作在那一天救了它。42 号改变了它生活的局面，从以为自己无法对抗压迫者，到在盟友的帮助下与 40 号进行对峙。

　　我去了主巢穴，在那里收到了 21 号的信号，这意味着它正在努力照顾 40 号的幼崽。在它们生命的这个阶段，幼崽还得依赖它们母亲的乳汁。21 号的强大力量、狩猎能力和战斗力在这个时候是没有用的。我在 106 号的巢穴附近收到了它的信号，后来我发现它在向主巢穴移动。它显然没有参与对 40 号的攻击。我看到 106 号的乳头已经胀大，证明它正在哺育幼崽。在它进入围绕主巢穴的树林时，我看不到它。当它与 21 号会合时，21 号很可能把它带到了 40 号的幼崽那儿。它会给它们喂奶还是走开？会不会想起它在它们母亲那里所遭受的虐待？我又检查了一下 21 号，它微弱的信号表明它在巢穴里。既然没有什么事情发生，我就回家休息了，脑子里还在想着早上的事情。德鲁伊峰狼群再也不会是原来的样子了。

　　下午晚些时候，我回到主巢穴，收到了 21 号一个非常微弱的信号。三分钟后，它的信号变强了，这意味着它正从巢穴里出来。然后我去了西边的巢穴，收到了 42 号和 105 号的信号。除了担心 40 号的幼崽外，我还一直担心着 42 号的幼崽。40 号在被其他母狼攻击之前有没有杀死几只幼崽？我把望远镜转向巢穴树，很快就看到了 103 号、105 号、两只黑色幼崽和一只浅色幼崽。一位狼观察者告诉我，她刚刚看到那里至少有六只幼崽。现在我松了口气。这说明 42 号和它的母狼盟友们从 40 号口中救下了幼崽。

　　第二天早上，也就是 5 月 9 日，德鲁伊峰狼们在 42 号巢穴的北面杀死了新的猎物。当我赶到时，21 号和鞍背正在进食，42 号和 105 号朝 42 号的巢穴走去。四周大的幼崽还在哺乳期，还要大约一周才能开始吃肉。21 号带着满肚子肉，嘴里还叼着一块肉，离开了猎物尸体，向主巢穴走去。由于 40 号的幼崽可能也是一个月大，它们会尝试啃食父亲带来的肉，但它们迫切需要乳汁。在我想象的画面中，幼崽因饥饿而哭喊，21 号站在它们旁边，感觉无助。

　　两天后的清晨，我在 42 号巢穴收到了 21 号和 42 号的信号。那天晚上，这两个信号来自 40 号巢穴周围的树林。我得到消息，这两匹狼在一个小时前出现在那里。看来 21 号把 42 号带到了主巢穴，帮它照顾 40 号的幼崽。但我想到了更阴暗的事情。既然 42 号在它姐姐那里受了这么多苦，如果它把 40 号的幼崽杀了，会不会感觉好一点？这将确保它们不会带着母亲的超级攻击性长大，并确保更多的家庭支持倾斜到它自己的幼崽。后来我收到了来自 21 号的响亮信号，但 42 号的信号非常弱。这意味着它很可能和姐姐的幼崽一起在巢穴里。它在做什么？喂奶还是杀崽？

　　第二天，5 月 12 日清晨，我在主巢穴没有收到 42 号的信号。我驱车向西，发现它正向自己的巢穴走去。当它小跑着穿过树林时，

103号跑下山来迎接它。一两分钟后，42号出现在它自己的巢穴入口处，肚子下面哺育着一大群幼崽。它们彼此之间的距离太近了，数不清有多少只。幼崽们回到了巢穴里，我很快就看不到它们的母亲了。

十六分钟后，我听说42号叼着一只幼崽向东出行。我及时赶到，看到它正在迅速接近拉玛尔河。它嘴里的幼崽软绵绵的，似乎感觉很舒服。我爬上一座视野更好的山，看到42号步入湍急的河水中。当它到达深水区时，开始游泳，昂首挺胸，以免幼崽淹死。当它到达远处的岸边时，它朝狼群穿行的那段公路走去，前往主巢穴。好几辆车停下来看它，42号不得不向东走得更远，才能绕过那些跟踪它的司机。

几分钟后，我做了一次信号检查，发现21号、42号和105号在主巢穴。十二分钟后，我接收不到42号的信号了。这意味着它把它的幼崽带到了40号的巢穴里。根据我得到的信号，接下来的五十分钟里，它一直在地下。上午稍后，我们看到42号和105号回到了西边的巢穴。上午十一点七分，我在它们爬森林斜坡时跟丢了，那已经是42号带着黑色幼崽离开那儿约五个小时后了。当42号到达它的巢穴时，它在入口处看了看，至少有一只幼崽在迎接它。

四分钟后，42号和105号从巢穴下面的树林走出来，两匹母狼各叼了一只黑色幼崽。42号沿着它先前的路线向东走，我看到它游过河，穿过马路，然后带着幼崽进了主巢穴。我在渡河的地方失去了105号的踪迹。回去之后，我看到105号带着幼崽回到了西边的巢穴。它可能是害怕带着幼崽渡河。既然不知道还能做什么，它就把幼崽带回了家。我在42号的西边巢穴看到了另外三只黑色幼崽。另一匹年轻的母狼103号和它们在一起。

下午早些时候，汤姆·齐伯看到21号和42号从主巢穴下来，走到最近的一具动物尸体旁啃食。然后两匹狼都去了西边的巢穴，

42 号很快又出现了，嘴里叼着另一只黑色幼崽。下午四点十五分，它把幼崽带到了主巢穴，这至少是它搬到那里的第三只幼崽。

第二天一早，我在主巢穴见到了 21 号和 42 号，还有 105 号。上午，42 号回到了自己的巢穴，回来时嘴里叼着另一只黑色幼崽。它沿着通常的路线把幼崽带到了主巢穴。这是它带过去的第四只黑色幼崽，夜间它可能还运过来了更多幼崽。看来 42 号打算把它的所有幼崽都转移到主巢穴。那天晚上，我在主巢穴收到了 21 号、42 号、105 号和 106 号的信号。另一匹年轻的母狼 103 号，则被看到朝 42 号巢穴的方向走去。

我们试图弄清楚发生了什么。最大的疑问是 40 号的幼崽。42 号和其他母狼对它们做了什么？它们是在照顾它们还是把它们杀了？ 106 号的信号现在来自主巢穴，看来它也把它的幼崽转移到了那里。现在 40 号已经死了，那里对它们来说是安全的。德鲁伊峰狼很快就不再去西边的巢穴了，这表明那里所有的幼崽都已经转移到了主巢穴。

现在，德鲁伊峰狼群的组织性大大增强。所有幸存的幼崽都集中在了主巢穴，因此，杀死猎物并带回食物的成年狼只需要去一个巢穴喂它们。但是我们仍然不知道现在有多少幼崽在主巢穴，也不知道 40 号的幼崽怎么样了。我们知道 42 号有六只幼崽，我们也知道 106 号和 40 号都生了幼崽，但我们不知道它们各自有几只。现在，所有的幼崽都混在一个巢穴里了。

然后我看到的事情更有趣了。我发现了 105 号出行，并注意到了它膨胀的乳头。这个迹象表明它已经生下了幼崽，正在哺乳。21 号一定是在我们没看到的时候让 105 号受孕了。它一直住在 42 号的巢穴里，所以我们在那里看到的一些幼崽一定是它的。我原以为它只是在做保姆，但实际上它一直在分享 42 号的巢穴，并把它用于养育自己的幼崽。这将使它有强烈的动机去帮助 42 号保护它们的两窝幼崽不受40号的伤害。

5月16日，我们在42号的臀部看到一个明显的裸露伤口。我经常看到40号咬它的那个位置，意识到这个伤可能是在40号去它妹妹的巢穴时发生的。这支持了两姐妹为42号的幼崽而打架的设想。

同一天，我注意到，三匹年轻母狼中等级最高的105号，在经过106号（等级最低的母狼）身边时，并没有翘起尾巴。四匹成年母狼之间的攻击性处于低谷。它们为了喂养幼崽而努力工作，以至于把任何争吵都搁置了。我还认为，42号的合作和非攻击性的性格影响了其他母狼。它与105号分享它的巢穴，这是一匹从属于它的狼；然后把三个不同地点的四窝幼崽集中到了狼群的传统巢穴。

那天晚些时候发生了一件大事。我第一次看到42号做了一个屈腿撒尿的动作，通常只有母头狼才会这么做。21号立即走到它的位置，并做了标记。这个双重气味标记证实21号和42号现在是德鲁伊峰狼群的头狼夫妇，而42号是这个狼群的新女王。这对夫妇走到一具新的动物尸体旁，42号马上吃了起来。21号趴下看着它，让一匹正在哺乳的母狼进食时排在它前面。我猜，它是不是在想，现在40号不在了，42号管理这个狼群，家庭生活会变得多么平静。

不久之后，我看到106号走到42号身边，尾巴保持中立的姿势。106号嗅了嗅，向新母头狼打了个招呼。42号的尾巴也是中立的，两匹狼似乎都很放松，彼此之间十分自在。这种互动与40号对待低等级母狼的方式正好相反。这也是42号已经在狼群中建立了新时代的标志之一，一个更被拥护和尊重的时代。之前对106号做的DNA分析得出结论，它是42号的妹妹41号生的，但后来通过更先进的检测表明，42号是它的母亲。这意味着，106号的幼崽是42号的孙辈。

尽管42号对幼崽进行了集中，但德鲁伊峰狼群面前还是一条艰难的路。现在有四窝幼崽在主巢穴里。21 号、42 号和其他五匹成年狼在未来几个月里有一项艰巨的任务，它们要外出打猎，尽力为这个大家庭带回足够的食物。最重的任务当然得由公头狼 21 号来承担。

第三章　数幼崽

　　春意渐浓，拉玛尔谷的母马鹿们快要生鹿犊了。我在5月22日看到了第一只鹿犊。这意味着狼群有了更多的捕猎机会，正好是它们的幼崽转而吃肉食的时候。

　　5月24日早晨，我在五点零七分离开我的小屋，向西开往德鲁伊峰狼的巢穴区。在半英里外，我看到了韦恩·肯德尔，他是一位前警察长官，在银门镇有第二个家。从他的表情中，我可以看出有些不对劲。然后我看到一匹灰狼躺在旁边的路上，那是雄性一岁狼条纹。它一定是在夜里跑过马路时被车撞了。地区管理员布莱恩·陈赶到现场，把狼带去验尸。这使得德鲁伊峰狼群的成年狼减少到了六匹。由于有这么多张嘴要喂，对21号来说，这个时候失去狼群成员可不是好时机。

　　6月初，我看着德鲁伊峰狼群出发去打猎。106号发现了一头母马鹿，向它走去。母马鹿把它赶走了，但狼又绕了回来，在马鹿最初出现的地方嗅了嗅。21号和42号与它一起在该地区寻找新生鹿犊。106号突然冲到前面，把头低下。它发现了小鹿犊。头狼夫妇跑了过来，三匹狼搞定了鹿犊。21号和42号把它带走了，但后来21号走开了，让42号和106号单独享用。它的行为令我印象非常深刻。它无私地放弃这一餐，让这两匹哺乳期的狼妈妈可以吃东西。

　　那年夏天，汤姆·齐伯和我都在拉玛尔谷为"狼项目"工作。我们记录狼的行为，帮助游客看到狼，为山谷中的人群做讲座，并努力减少游客可能对狼产生的负面影响。最常见的问题就是过马路。

当狼因为离开巢穴去捕猎或返回喂养幼崽而接近公路时，人们往往会开车到狼可能穿越的地方拍照，无意中阻挡了狼。

其中一个例子发生在 6 月 3 日。当 21 号被发现带着一只马鹿犊回到巢穴时，许多司机跑向他们的汽车，打算前往 21 号的穿越地点。我穿上橙色安全背心，拿起执法管理员借给我的红色停车标志，拦住车流，直到 21 号过了马路。我觉得自己就像一个学校的马路警卫，帮助孩子们安全过马路。如果汤姆和我一起执勤，他会在穿越区域的一侧拦住车辆，我在另一侧。当公园管理局的自然学家比尔·温格勒和我们一起工作时，我经常会徒步走到巢穴南边的一个斜坡上，这个斜坡被称为"亡幼丘"。它叫这个名字是因为 1995 年水晶溪狼群在那里杀死了一些郊狼的幼崽。当狼群走向公路时，我会用公园的无线电通知汤姆和比尔，他们会合力阻拦路上的车辆。

6 月 7 日，我离开了公园几天，因为我母亲去世了。6 月 11 日，我回到了拉玛尔谷，当晚就看到了一些成年德鲁伊峰狼。第二天早上，我开始了每天日出前去寻找和研究狼群的长期计划，这已经持续了多年。

6 月中旬，我登上了亡幼丘，观察狼窝。我很快就看到 21 号带着一大群幼崽走出树林。由于它们来回跑动，很难数清楚，最终我看到了九只黑崽和七只灰崽。对于只有六匹成年狼的狼群来说，十六只幼崽真是很多了，但所有的幼崽看起来都很胖很健康。我们无法得知哪些幼崽是由哪位母亲所生。一匹母狼生下的幼崽可能由另一匹母狼哺育，因此，即使我们观察到哺乳，也无法确定母亲身份。

几天后，我从脚桥停车场往南走，看到幼崽在巢穴森林里。我急忙回到停车场，让那里的人跟我一起走，共有六十个人通过我的望远镜看到了幼崽。我想，每一次帮人看到狼，就会有更多的人站在狼这边。

6月底，我和十六位公园游客站在亡幼丘上。一头灰熊出现在75码①远的视线中。我让大家对它大喊大叫，把它吓跑，但这头熊继续朝我们走来。当它走到40码以内时，一屁股坐下，盯着我们。大多数人看到这一幕都笑了起来。这笑声比喊叫有效，因为灰熊站起来走了。

那时，我已经在灰熊国度生活了二十五年。这件事让我想起了在阿拉斯加德纳里国家公园的另一次险情。当时我正骑着自行车在公园道路的一个陡峭路段上行驶。那是一个清晨，周围没有其他的人或车。当我到达山顶时，我从镜子里看到一头灰熊向我冲来。我花了一点时间考虑，如果我继续通过这段又长又陡的下坡路可能会发生什么。下坡时我可以比熊快，但它会在坡底抓住我。所以我停了下来，把自行车架在我和冲过来的灰熊之间，拿出我的防熊喷雾，并取下安全罩。这把熊吓了一跳。它停下来，看了我一会儿，然后转身走了。

6月下旬的一个晚上，我看到四匹德鲁伊峰成年狼从巢穴里下来，穿过马路，继续向南走。两分钟后，七只幼崽跑到了路上。但这些幼崽没有跟着成年狼，而是在人行道上嗅来嗅去，在那里玩耍。汤姆·齐伯当时在西边的一个地段，他在那里把车拦住。我拦住了东边的车。我们以为幼崽会在几分钟内跑回巢穴，但它们对公路很着迷，在那儿待着。

我打电话寻求帮助，巡逻队的管理员埃里克·巴伦加入了我们。那时，幼崽们已经在路上待了三十分钟。一些司机因为延误而感到烦躁。对这些幼崽来说，在公路上待得这么舒服并不安全。所以汤姆、埃里克和我制定了一个计划，要让它们离开。我上了埃里克的

---

① 英制长度单位，1码约为0.9米。

巡逻车，向幼崽们驶去，把几个闪光灯都打开。幼崽们看到我们来了，但似乎并不担心。埃里克在接近幼崽的地方停了下来，它们仍然没有离开公路。我下了车，对它们大喊。这起了作用，它们跑回了山上。

第二天，21号从巢穴里下来，穿过马路。七只幼崽跟着它，又停在人行道上。汤姆向它们开去，幼崽们一看到他来了，马上跑回上坡处。这表明幼崽们正在学习，公路可能是一个可怕的地方。我想到了条纹在试图穿过马路时被撞死的情景，很高兴这些幼崽正在学习道路安全知识。

7月初，一头灰熊占据了一具德鲁伊峰狼杀死的动物尸体，并阻止两匹小母狼和鞍背啃食。21号到达现场后，向灰熊跑去，其他三匹狼也学着它的样子冲了过去。灰熊跑开了。21号在离现场20英尺的地方停了下来，然后转身回来，和它的伙伴们一起啃食。看到21号对付那头熊时如此果断和高效，令人印象深刻。它知道该怎么做，并且执行。其他的狼相信它的领导力，并支持它。

啃食了三十五分钟后，21号离开了，回到巢穴。我看到至少十五只幼崽跑来迎接它。它们跃跃欲试地去舔它的嘴，它把很大一堆肉反刍给它们。然后鞍背来了。幼崽们争先恐后地跑向它，希望能再得到一次喂食。更多的幼崽加入了。它们从草地上跑过，我数了数，有二十一只幼崽：十三只黑的和八只灰的。这是一个特别高的数字。我以前从未见过这种情况。由于黄石国家公园一胎平均为四到五只，二十一只幼崽证明巢穴里有四窝幼崽，而且42号正在抚养40号的幼崽，尽管前母头狼对它是如此不堪。所有这些幼崽肯定都是21号所生。

仅仅六匹成年狼怎么可能提供足够的食物来维持全部二十一只幼崽的生命和健康？这是一项艰巨的任务。在过去的两年里，德鲁伊峰狼群的幼崽存活率很低。去年春天出生的六只幼崽，只有两只活到了年底，存活率为 33%。如果今年还是这个比例，二十一只幼崽中将只有七只能活到年底，前景令人沮丧。去年，40 号管理狼群。今年，42 号是母头狼。这些幼崽的命运将取决于它的领导和组织能力。

7 月 5 日起，我开始看到幼崽们在巢穴森林附近的沼泽地里捕食田鼠。这是个好迹象。如果幼崽们能靠自己获得一些食物，就能减轻成年狼寻找食物的负担。和过去的春天一样，我看到幼崽们互相鞠躬，这是在邀请做游戏。它们摔跤，互相追逐，设下埋伏，玩拔河比赛。

一天早上，我看到一头灰熊走到巢穴区，朝一些幼崽走去。21 号当时在路的南边。它一定是闻到了灰熊的气味，因为它向北跑去，越过公路，冲上了山坡。汤姆当时在亡幼丘上，他用无线电告诉我，21 号冲向灰熊并咬了它。这是一个危险的举动，因为熊可能一口咬死它，或者一掌拍死它；但是当 21 号的家人处于危险之中时，它是无所畏惧的。后来我瞥见那头熊靠近一些幼崽，但它似乎对它们不感兴趣。也许它是在那里寻找狼获得的马鹿尸体，以便偷走。不管灰熊的意图是什么，如果一只天真的幼崽靠得太近，只需它强有力的下颚一咬，幼崽便会死去。

那头熊来早了一天。第二天，我们看到德鲁伊峰狼在沼泽东边杀死了一头大公马鹿。我看着幼崽们到那儿去啃食。其中一只三个月大的幼崽挖了一个洞，埋了一些肉，以便以后享用。我觉得这只幼崽这么做是出于本能，因为它以前可能从未接触过新鲜的尸体。

幼崽们偶尔会跟着成年狼走到公路上，但现在它们知道公路不是一个安全的兜风场所。有一天，六只幼崽跟着 21 号走到了公路上，当它们看到一辆汽车向它们驶来时，就跑回了上坡。这正是我们希望看到的反应。之后，当幼崽们长大一些时，成年狼需要带它们穿过那条公路，把它们带到拉玛尔河对岸的玉髓溪聚集地，但现在，它们还是害怕那条路比较好。

在给幼崽送食物这件事上，21 号是狼群的主力。7 月中旬，它从一具动物尸体上带肉回到巢穴，给幼崽们反刍了五次；然后在一小时内离开巢穴，回去吞更多的肉。它如此努力地狩猎、捕杀，把肉带给四窝幼崽，它绝对已经筋疲力尽了。一天早上，我看到六只幼崽在巢穴周围跟着它，缠着它要玩。它跑到公路上，迅速向南穿过，在南边 100 码外一片茂密的柳树丛中躺下。在我看来，它是在躲藏，以便能睡上一觉。那些幼崽出于对公路的警惕，就回头了。睡了三十六分钟后，21 号起身，重新穿过马路，回到幼崽身边。

7 月 15 日早间，我看到一些德鲁伊峰成年狼和十只幼崽在路南的一具动物尸体旁。成年狼一定是在夜间没有车的情况下把幼崽带过去的。后来，42 号和其他成年狼把这些幼崽带过河，并把它们带到了玉髓溪聚集地，这是一个理想的中心位置，可以在大狼出去狩猎时把幼崽藏起来。让幼崽待在那里，也大大减少了成年狼穿越公园道路的次数。第二天，全部二十一只幼崽都在聚集地。

让全部幼崽过河一定是一项艰巨的任务。我以前看到过 42 号在哄骗幼崽下水并让它们游到对岸方面是个高手。如果有谁犹豫不决，它会叼起一根棍子，给幼崽们看看，然后冲进水里。它们总是跟着它跑，以为这是个游戏，在它们意识到自己在做什么之前就已经在游了。在后来的几年里，我看到 42 号总是负责组织把幼崽送到聚集地。它很有天赋，知道如何计划和执行一项复杂的行动。如果生而为人，42 号可能会成为一个极其有效的将军或美国总统。

一天晚上，当我在路北的一个小山坡上观察成年狼和幼崽的聚集地时，我看到三个人穿过河流，朝幼崽们走去。我想到 1998 年发生过一起事件，当时德鲁伊峰狼因为徒步旅行者靠得太近而放弃了它们的据点。我正想拦截这些人，结果他们转身走了，于是我又回到坡上，继续监视狼群。

第二天早上，7 月 17 日，我们在聚集地看到了两只幼崽，但没有看到成年狼。我在想是不是成年狼看到了那些人，把其他十九只幼崽带走了。我爬上亡幼丘，想看看巢穴那儿是否有幼崽，但没有发现。次日一早，21 号就回到了聚集地，嘴里还叼着肉，它把肉给了那两只幼崽，然后又向它们反刍了两次。当天晚上它又喂了它们两次。接下来它一整天都陪着它们，然后离开了。20 日，凯里·墨菲做了一次飞行跟踪，后来他告诉我，他在镜面高原看到了 105 号和十四只幼崽。镜面高原是构成拉玛尔谷南部边界的山脊，在标本岭以南。21 号、42 号和 106 号在那里的东面狩猎。

聚集地的两只幼崽在接下来的几天里似乎适应了独自生活。有一天，一头灰熊走到了离它们 30 码的范围内。熊随意地看了它们一眼。两只幼崽向灰熊走了几步，然后并排坐在一起，看着灰熊走过。后来，又有一群野牛从幼崽身边经过。它们经常嗥叫，可能是想联系成年狼，但没有得到回应。它们通过一起摔跤和玩耍来自娱自乐。

一位研究人员告诉我，那个夏天田鼠的数量很多，许多小啮齿动物正在生第二胎。蚱蜢也大量出现。我看到一只幼崽拍打着飞过的什么东西，然后抓住并咀嚼着。紧接着，它又伸手抓起一只田鼠。高密度的田鼠和蚱蜢保证了这两只幼崽即使在成年狼不在的时候也有东西可吃。这些丰富的食物来源可能是当年幼崽生存的一个决定性因素。

五天后，105 号出现了，与幼崽们待了几天。30 日，三匹狼都走了，105 号一定是带着幼崽们去和狼群的其他成员会合了。

8 月初，德鲁伊峰狼和它们的幼崽驻扎在欧泊溪聚集地，这里离玉髓溪聚集地有大约 5.5 英里的上坡路。标本岭上的那片草地靠近马鹿度夏的地方，它们会被生长在高地上的茂盛的草所吸引。德鲁伊峰狼要从欧泊溪到谷底再返回时，有好几条上下山脊的路线。

一周后，这一家子带着十七只幼崽回到了它们的玉髓溪聚集地。

当 21 号到达时，幼崽们簇拥着它，它反刍了一大堆肉给它们。在它们吃完后，幼崽们和它们的父亲一起躺下了。后来又有两只幼崽冒了出来，一共十一只黑的和八只灰的。有两只黑色幼崽失踪了。

8 月 15 日出现了一个重大进展。一匹我们不认识的没有项圈的灰色公狼与德鲁伊峰狼一起出现在聚集地。它似乎完全被 21 号、其他成年狼和幼崽们接受了。我们一直没搞清楚它是谁，但我怀疑它是一匹玫瑰溪狼，是 21 号的亲戚，也许是弟弟。德鲁伊峰狼为了幼崽，需要所有的帮助，所以证明这匹被我们称为"新灰"的狼，对狼群有重要的价值。那天，新灰向一只幼崽反刍，然后与 105 号友好地打招呼。后来它又和 103 号做了同样的事情，并对幼崽做了两次反刍。21 号回到了聚集地，也给幼崽喂了食。第十二只黑色幼崽出现了，所以现在我们只缺少一只黑色幼崽。那只失踪的幼崽再也没有出现过。熊、郊狼和老鹰都可能会杀死狼的幼崽，有时流浪的幼崽会与成年狼走散。

几天后，一头灰熊在聚集地接近了幼崽。新灰是第一匹看到熊的狼。它冲了上去，把灰熊赶走了。21 号和 42 号站了起来，但只是观摩了这场冲突。有了这匹额外的公狼来保护幼崽，头狼夫妇可以得到更多的休息。

8 月 21 日，德鲁伊峰狼很早就离开了玉髓溪聚集地。两天后，道格·史密斯跟踪飞行的时候，在拉玛尔河的支流卡什溪以南发现了它们。我们等了两天，然后比尔·温格勒、卵石溪露营地的主人雷·拉斯梅尔，和我一起沿着拉玛尔河小道，徒步走到和卡什溪小道的交叉路口，看看我们是否能找到狼群在哪里。那里的背包客告诉我们，他们在前一天晚上听到了该地区有嗥叫声。我们沿着小溪往上走，很快就发现了狼的足迹。我收到了来自死亡峡谷的 21 号、42 号和 105 号的信号，信号很好。死亡峡谷是卡什溪南侧一个贫瘠的峡谷。那里大部分的乔木和灌木都已枯死，空气中弥漫着一股强烈的硫磺味，这股味道来自从峡谷的小溪中涌出的温泉。在过去的几十年里，该地区的温泉产生的气体杀死了沟里的许多马鹿、野牛以及植物；但近些年，地热活动在减少，这些气体不再达到致命的程度。水的温度并不高，不足以伤害野生动物。

一个小时后，我们在附近发现了 42 号和六只幼崽，然后在山脊上跟丢了。看到德鲁伊峰狼离死亡峡谷如此之近，就像在看一部末世电影中的场景，一场灭绝了所有其他形式生命的灾难，只有狼幸存了下来。如果拍一部电影，21 号可以扮演"疯狂的麦克斯"① 这个角色。

8 月底，狼群回到了玉髓溪聚集地。我数出了全部二十只幼崽和七匹成年狼，总共有二十七匹狼。新灰做了一个抬腿撒尿的动作，21 号和鞍背都在它的地点做了标记。这匹年轻公狼的气味标记表明它正在走向成熟。

某天晚些时候，我看着 21 号和它身后的夕阳。它的影子向我的方向投射了 50 英尺。这幅画面让我印象深刻，象征着它对黄石国家公园和认识它的人所产生的影响。我开始认为我们已经进入了公园狼的黄金时代。那是一个充满传奇的时代，一个巨人漫步在这片土地上的时代。那是 21 号和 42 号的时代。

---

① 这里提到的是由澳大利亚导演乔治·米勒执导的系列科幻动作电影《疯狂的麦克斯》。

第四章　幼崽的成长

到 9 月中旬，这二十只幼崽已经五个月大了，到了很大可能活过第一年的年龄。我注意到，由于幼崽需要的关注变少了，头狼夫妇现在的互动要多得多。尤其是 21 号，它看起来更放松了，经常和幼崽们一起玩耍。尽管幼崽已经大到可以自己啃食猎物了，但 21 号的父性本能仍然很强，它还是会把肉带给幼崽并反刍。整个狼群经常排成单列队形出行，这是一个令人印象深刻的景象。通常由 21 号或 42 号带队，但并不总是如此。在一次出行中，鞍背，这匹最年轻的成年狼走在前面，21 号排在第十四位，42 号排在第二十五位。现在，幼崽们表现得不错，头狼夫妇可以稍微轻松一点了，让年轻的成年狼获得一些领导经验。

灰熊现在对幼崽的威胁变小了。我看到一头灰熊追赶一只黑色的幼崽，而小狼很容易就跑赢了灰熊。然后，幼崽无所畏惧地围着灰熊打转，似乎在看灰熊敢不敢再追它。其他幼崽看到这种互动，纷纷跑了过来。意识到自己寡不敌众，灰熊离开了，十九只幼崽尾随其后。当它转身向它们冲去时，幼崽们四散逃开，然后又马上回来包围住它。很快，它们就对这种游戏感到厌倦了，不再理睬灰熊。这次互动对幼崽们来说是重要的一课。它们知道了自己可以跑赢灰熊。

这个月下旬，我看到玫瑰溪狼群出现在斯鲁溪领地。它们的母头狼 9 号是 21 号的母亲，已经被它的女儿 18 号赶出了狼群。后来 9 号在公园东边建立了一个新的狼群，被称为熊牙狼群。这个狼群非常成功，在 9 号去世后还继续存在了很长时间。玫瑰溪狼群的其他成员离开，组成了塔楼狼群。有一天，我看着玫瑰溪狼群跑进一个峡谷。过了一会儿，我看到一头山狮从那里跑出来，狼群紧追不舍。它飞快地跑向附近的一棵树，向树干高高跃起。狼群跑到树下，看着山狮，然后转身冲回它们第一次遇到这只大猫①的那个峡谷。我看到它们在那里啃食一具动物尸体，这只动物很可能是被山狮杀死的。狼群几次跑回树下，抬头看看山狮，山狮平静地坐在一根大树枝上。有一次，18 号还对它吠叫，就像狗对树上的家猫吠叫一样。

尽管 18 号是一匹五岁的中年母头狼，责任感很重，但和它哥哥 21 号一样，仍然有爱玩耍的性格。山狮事件后，我看到它在追赶一只田鼠。它一跃而起，扑向了它。过了一会儿，18 号又把它放下，让它走，还用鼻子推着它走。当它跑开时，18 号又抓住了它。

10 月，大多数德鲁伊峰狼短暂地闯入了玫瑰溪狼在斯鲁溪的领地。它们可能是在寻找猎物或测试狼群之间的领地边界，但无论如何，德鲁伊峰狼们心知肚明，知道它们是在邻近狼群的领地。过了一会儿，德鲁伊峰狼们往南移向公园道路，可能是想与 106 号和幼崽会合，它们一直待在道路的另一边。大部队接近了公路，但当它们看到人们停车并下车时，又折了回去。这些车和人挡在了两群狼中间。汤姆·齐伯和我从狼的研究人员的角色转换成学校十字路口警卫的角色，拦住了车流。北边狼群中的一些幼崽穿过了车流的缝隙，然后 21 号和其他狼跟了上去。

几天后，我发现十九匹德鲁伊峰狼回到了位于玫瑰溪狼领地的斯鲁溪。21 号和 42 号没有和它们在一起，那天我也没有在任何地方收到它们的信号。这很不寻常，因为头狼夫妇通常与德鲁伊峰狼

---

① 山狮为猫科动物，所以这里也称其为"大猫"。

大部队在一起。驾驶追踪飞机的飞行员罗杰·斯特拉德利当天晚些时候给我打电话说，他看到21号和42号独自在拉玛尔河边行动。也许它们正在从照顾二十只幼崽的生活中脱身休息一下。毕竟，在经历了春天和夏天所有的冲突和压力之后，我觉得它们应该有一些属于自己的时间。

在观察德鲁伊峰狼的过程中，我不断了解到更多狼之间的合作行为。在头狼夫妇重新加入狼群后，我看到21号在一具尸体上进食，然后带着一块肉走了。103号走向它，它把肉给了103号。然后一只灰色的幼崽跑向103号，它又把肉传给了它。这一连串的事件表现了狼的家庭是如何相互分享的。

10月9日，我注意到公狼等级发生了一个变化。新灰一直是鞍背的从属，但在那天，它显然对这匹一岁狼有支配权。21号对它俩之间发生的一切都没有过问。几天后，21号和新灰为一头马鹿的鹿角进行着一场有趣的拉锯战，这表明它们相处得不错。三只幼崽跑过来，其中一只从这两匹大公狼手中抢走了鹿角。

21号和42号经常彼此亲热。我看到21号舔了42号的脸很久，同时对着它摇尾巴。后来42号对它做了挑逗性的佯攻，然后它们轻轻地摔跤。之后，21号向42号做了一个游戏邀请鞠躬，然后它们一起嬉戏打闹。它们已经认识三年了，但在大部分时间里，42号一直被40号欺负和支配着。现在40号不在了，这两匹狼似乎无忧无虑，表现得就像刚刚坠入爱河似的。

当我们逐渐进入秋天的时候，在高原地区避暑的马鹿开始迁徙回它们在拉玛尔谷的冬季牧场。在较低的温度下，德鲁伊峰狼彼此之间的嬉戏更多了。11月的一天，新灰和一群幼崽追赶着103号。在边上，两只灰色幼崽在一起玩耍，一只抓住另一只，把它拖过雪地。其他幼崽也成双成对地玩耍着。然后十三只幼崽聚到一起玩。21号已经和42号一起趴下了，但它还是忍不住加入了幼崽们的行列。它走到一只黑色幼崽身边，和它一起玩耍。它们玩起了追逐和伏击的游戏。当它们结束后，21 号回到 42 号身边，头狼夫妇又在一起玩。我想不出一个科学术语来描述它们的状态。唯一合适的词似乎是"欢乐"。

11 月 23 日，全部二十七匹德鲁伊峰狼都回到了玫瑰溪狼在斯鲁溪的领地。道格飞过这里，打电话告诉我，四匹德鲁伊峰狼正在追踪一匹玫瑰溪母狼和它两只黑色幼崽的气味。我冲上山头，就位时，正好看到 42 号按倒了其中一只黑崽。它一定是刚刚抓住了它。然后 42 号退后一步，放走了那只幼崽。它跳了起来，跑开了。那只幼崽和另一只玫瑰溪幼崽一起，都跑了。42 号没有追赶它们。它的克制行为与我多年来看着它的所作所为是一致的。42 号看到敌对狼在它自己的幼崽附近，追赶并抓住了一匹狼之后，发现是幼崽，就放走了。

12 月 6 日，我来到南布特，看看公园中被称为黑尾高原的一段，这是利奥波德狼群的大本营。它们的领地就在玫瑰溪狼群居住地的西边。我看到十二匹利奥波德狼群成员趴在地上。公头狼 2 号，五岁半，黑色的皮毛上有很多灰色的条纹。它起身去找 7 号，它的多年伴侣。这两匹狼还是一岁狼的时候就认识了，并且已经做了四年的伴侣。我回忆起 1996 年春天，在它们夫妻关系的最初几个月里，我看到它们之间有很多亲昵的互动。它们的关系似乎特别密切，就像 21 号和 42 号之间的关系。当公狼接近 7 号时，它跳起来摇尾巴，然后对公狼佯装俏皮。公狼对 7 号摇着尾巴。7 号俯身做游戏邀请鞠躬，跳来跳去，轻轻地咬公狼，还往空中跳了几次。所有这一切都表明，它们之间的情感纽带仍然紧密相连。

12 月下旬，七只德鲁伊峰幼崽在雪地上追赶三头公马鹿。领头的幼崽在进入深雪时被绊倒了，公马鹿跑掉了。12 月 30 日，我发现这群狼又在斯鲁溪的雪地上追赶一头母马鹿。鞍背带头追赶，其他狼跟在它身后，在它开辟的断断续续的小路上跑成一列。一岁狼跑到母马鹿身边，抓住了它的一条后腿，这使得它的速度慢了下来。一只黑狼跑到鞍背前面，死死咬住马鹿的脖子。更多的德鲁伊峰狼跑了过来，把它压倒在了地上。

我数了一下，在猎杀地点附近有十七匹狼。六匹成年狼和三只幼崽在不远处，但它们没有参与狩猎。这意味着猎杀是由鞍背和其他十六只幼崽完成的，它们都是 21 号的儿子或女儿。咬住母马鹿脖子的那匹黑狼无疑是一只幼崽，这对一匹八个月大的狼来说，是一项了不起的成就。那一刻对这个家庭来说，也是一个重要的里程碑，因为这表明幼崽现在可以帮助七匹成年狼狩猎和捕杀了。

狼在雪地上通常比马鹿跑得快。狼奔跑的时候，它们的爪子在接触到雪地时会张开。这些额外的表面积会有一种雪地鞋的效果，这在它们追逐马鹿的时候是一个很大的优势。黄石国家公园的成年公狼和母狼平均体重约 100 磅，大公狼偶尔会达到 135 磅。而成年马鹿的体重可达 500 至 700 磅，因此它们的额外体重往往使它们的速度减慢，特别是当它们不得不在深雪中艰难跋涉时。狼通过在雪地上单列行进来节约能量。领头狼首当其冲开路，不过狼群其他成员会交替担任领头的位置，分担这份累人的工作。老一点的狼群成员通常会待在队伍的后面，从年轻领头狼的努力中获益。

在这一年结束的时候，我想到德鲁伊峰成年狼在幼崽存活方面取得了如此巨大的成就。二十一只幼崽中有二十只活到了新的一年，成功率达到了 95%，而前一年还只有 33%。这两年之间有一个重大的区别：42 号是这个群体的领导者，而不再是 40 号。凭借它善良的、没有攻击性的个性，42 号似乎能让所有的狼合作并一起干活。后来我看了 PBS NOVA[①] 2014 年的一部纪录片，名为《动物的

[①] 美国公共广播公司（Public Broadcasting Service，简称 PBS）的科学频道。

内心》。他们采访了动物研究员布莱恩·哈雷，他是杜克大学的进化生物学教授，他谈到的内容可直接适用于42号的情况：

> 其他动物经历的一些事情，我们也会经历。我们作为社会动物，每天面临的挑战对进化出更大更聪明的大脑有很大作用，因为在某些情况下，能够巧妙地进行谈判或伸出援助之手的生物，往往是最有机会生存下来的。我们通常认为最大、最强壮、最有竞争力的个体是能够生存和繁殖的个体，但在进化过程中，我们一再看到，情况根本不是这样。很多时候，会受到青睐的是那些能促成更好合作的个体，这样我们就能一起解决那些靠自己无法解决的问题。这需要忍耐，有时甚至需要出让一些主导权。并非总是大块头获胜。

当我观察和研究狼四十多年后，我不断被它们的合作精神打动。狼已经进化成团队作业，共同捕猎比它们大得多的猎物，养育幼崽，并保护自己的领地不受对手的攻击。这与早期生活在小群体中的人类分担职责，如狩猎、寻找食物、养育孩子和保护土地的方式，有很多相同之处。这表明，狼和人类是平行进化的。对狼群起作用的东西也对早期的人类起作用。美国原住民明白这一点。他们观察和研究狼群，并将他们从狼群中学到的东西应用到自己的生活中。

第二部

2001年

领地地图

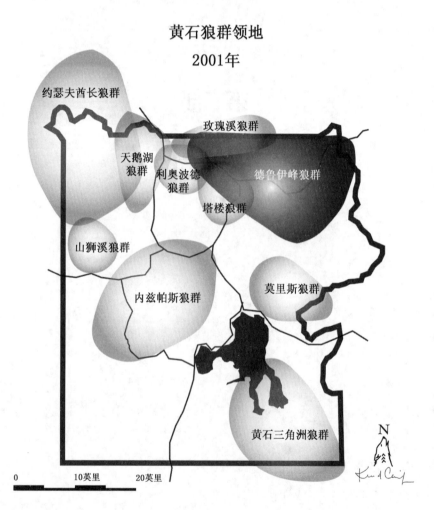

黄石狼群领地

2001年

约瑟夫酋长狼群

玫瑰溪狼群

天鹅湖
狼群

利奥波德
狼群

德鲁伊峰狼群

塔楼狼群

山狮溪狼群

内兹帕斯狼群

莫里斯狼群

黄石三角洲狼群

N

0   10英里   20英里

狼群成员

在一个自然年中，狼群的规模有增有减。这些图表显示了任意一年的主要狼群成员。M=公狼，F=母狼。星号（*）表示被认为已经有自己巢穴的母狼。从其他狼群加入的狼，第一次出现时，在括号内标出原狼群。正方形表示成年狼和一岁狼。圆圈表示幼崽。

德鲁伊峰狼群

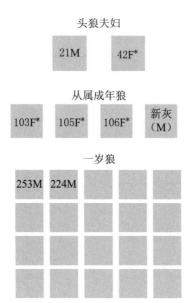

头狼夫妇

| 21M | 42F* |

从属成年狼

| 103F* | 105F* | 106F* | 新灰（M） |

一岁狼

| 253M | 224M |

幼崽

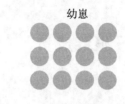

年末狼群计数

第五章 这很复杂

2001 年伊始，我预计即将到来的交配季节会很复杂，因为德鲁伊峰狼群中有两匹成年公狼。在之前的三个冬天里，21 号是唯一与狼群成年母狼没有亲缘关系的公狼。今年冬天，新灰加入了这个群体。我注意到 21 号开始对它有攻击性行为。我看到过 21 号跑过去按倒这匹年轻公狼。

在一个有多匹成年公狼和母狼的狼群中，公头狼试图令所有与它无亲缘关系的成年母狼受孕，并通常会阻止狼群中的其他公狼去交配。这听起来像一个父系制度，但一匹母头狼可能与几匹公狼进行交配繁殖。几年后，我看到布特路口狼群的母头狼与等级排名第二的公狼交配了两次，就在公头狼面前。然后它离家出走，独自进行了一趟冒险，遇到了另一个狼群的一匹公狼。在它们短暂的关系中，公狼与它交配了两次。当母头狼告别它的风流韵事回家时，终于让公头狼有机会交配了。俗话讲"要像对待母鹅一样对待公鹅"，母头狼把这段插曲诠释成了"要像对待公鹅一样对待母鹅"。

我想了很久，为什么母狼会那么做？在狼群中，狼妈妈要依靠其他成年狼给它带来食物，帮助保护和抚养幼崽。如果有两匹公狼与它交配，那么这两匹公狼都可能认为自己是幼崽的父亲，并会比没有与它交配的公狼更投入地支持它。在布特路口母狼与外部公狼发生关系的案例中，母狼可能有理由认为该公狼具有它自己狼群中的公狼所缺乏的特质。母狼甩了它，然后回到了自己的家庭，最后才与狼群的公头狼结合。由于母狼和等级排名第二的公狼也交配过，那年春天，这两匹公狼都加班加点地帮助它和幼崽。

1月1日，我在比以前更西边一点的地方看到了德鲁伊峰狼。它们在地狱咆哮溪附近，距斯鲁溪西边10英里。地狱咆哮溪区域是玫瑰溪狼群领地的一部分，二十七匹德鲁伊峰狼正在向较小狼群的地盘上越来越深入。现在它们是一个超级狼群了，德鲁伊峰狼需要一个更大的领地来容纳它们越来越多的成员，它们通过吞并邻居的部分土地来实现这一目标。没有其他狼群能与它们抗衡，所以德鲁伊峰狼在狩猎时想去哪儿就去哪儿。

德鲁伊峰狼多次前往地狱咆哮溪区域。在一次出行中，七只幼崽追着一头公马鹿，咬着它的后腿和屁股。由于对紧跟在马鹿身后的危险性认识不足，一只黑色的幼崽被踢中飞到了空中。砸到地上后，这只无畏的幼崽跳了起来，再次飞快地追赶马鹿，热切渴望再来一轮。这一踢和这一砸显然没有造成严重伤害，说明狼崽是多么坚韧，恢复能力很强。

1月10号，我看到21号和42号待在一起。那天，21号跟在42号屁股后面，42号趴下的时候，21号就趴在它身边。虽然42号接受交配还需要几周，但21号很可能不想冒任何风险。新灰对42号也跃跃欲试。

1月中旬，黄石国家公园的主管迈克·芬利邀请我参加一个招待会，就在他位于公园总部的家里，招待前内政部长布鲁斯·巴比特，他在1994年批准了公园狼的再引入计划。我对布鲁斯表达了谢意，为了这件事，也为了他让黄石国家公园再次变得完整。

第二天早上，迈克和布鲁斯要在道格·史密斯的带领下，前往黄石国家公园观看狼群。那天我很早就出来了，为这支队伍充当侦察员，这种角色我过去也为类似的团体担任过。我在拉玛尔谷附近发现了六匹狼，但在队伍到达之前，它们消失了。我回到拉玛尔谷，在德鲁伊峰狼的巢穴森林以东接收到了强烈的信号。

我看不到它们，想到即将到来的贵宾团，不由得感到紧张。我穿过雪地，徒步走到亡幼丘，在那里寻找狼群，扫视了九十分钟后，终于在山脊顶上发现了几团几乎看不见的东西。其中一团抬起了头，我确认那就是狼。于是我打电话给道格，告诉他把团队带到脚桥停车场。我急忙下山，到了停车场，正好车来了。团队成员轮流通过我的望远镜观察，每个人都看到了狼。

几天后，道格用直升机做了一些跟踪飞行，并分两次给二十只德鲁伊峰幼崽中的八只戴上了项圈。其中四匹成年狼——21号、42号、105号和106号——的项圈仍然在有效地工作。103号的项圈电池耗尽有一阵子了。

1月中旬，鞍背离开了狼群两天，然后又回到了德鲁伊峰狼的领地。这让我想起了21号，当它还是玫瑰溪狼群的年轻成年狼时，也曾离开家人，进行了几次走动，最后在1997年秋天离群，加入了德鲁伊峰狼群。鞍背回来的那天就彰显了它对狼群的价值，独自杀死了一头母马鹿。它还没有和其他德鲁伊峰狼会合。一岁狼嗥叫着，狼群的其他成员也随之嗥叫着回应。它小跑着走向它们。一群幼崽向它扑来，它反刍给它们。后来，德鲁伊峰狼们也去啃食了它的猎物。

1月24日，我看到42号向着21号摆开了它的尾巴，21号闻了闻它的屁股，这是交配季节开始的标志。六天后，21号几次试图骑上它，但42号还没有完全准备好，交配尝试失败了。新灰过来了，可能是因为它闻到了42号进入交配季节的气味，21号把它赶走了。21号回到了42号身边，头狼夫妇进行了十七分钟的交配。八小时后，它们再次交配。在42号可交配的日子里，21号对它严加看管，离开它只是为了赶走新灰。鞍背经常离开狼群，可能是想寻找一匹没有亲缘关系的母狼。

那个月的最后一天，我看到103号也进入了交配季节。它把尾巴摆开转向 21 号，21 号嗅了嗅它，但随后走开了。肯定是它的气味表明它还没有准备好繁殖。两天后，21 号嗅了嗅 103 号的妹妹 105 号，它把尾巴摆开，21 号试图骑上它。那时，42 号已经过了发情期，很可能怀孕了。

新灰也走向了 105 号，105 号向它摆开了尾巴。就在新灰跳起来准备骑上它的时候，21 号看了过来，发现它们正要发生什么，然后跑了回来。年轻的公狼立即从 105 号身上下来，以极其低伏的姿态离开，尾部几乎拖在了地上。它看起来就像一只做错事被抓的狗。21 号必须不断地监视它，现在狼群里有三匹年轻的母狼——103 号、105 号和 106 号，它们都进入了繁殖状态。21 号反复检查 105 号，并试图骑上它。42 号无视它们之间发生的一切。

21 号和 105 号在 2 月 4 日交配了。之后，21 号继续嗅 105 号，并让新灰远离它。6 日，21 号开始嗅 106 号。它还交替着检查 103 号。后来，当它完全筋疲力尽时，它把头靠在 106 号的屁股上休息。

2 月 15 日，我们看到鞍背在狼群附近趴着。它最后一次出现在狼群中是 1 月 24 日。一岁狼从远处看着德鲁伊峰狼群，似乎在犹豫是否要接近它们。一只黑色幼崽跑过来试图与它互动，但鞍背没有理会它，而是专心致志地看着大群。它嗥叫着，我注意到它直勾勾地盯着 21 号，也许是想判断它会接收到什么信息。

两分钟后，鞍背起身向它的狼群走去。这时，21 号正跟在 103 号后面嗅着它的气味。然后它看了看这匹年轻的公狼。这个眼神足以让鞍背转身。它离得很远，其他狼可能很难认出它。21 号和其他一些德鲁伊峰狼向它跑去，但很快 21 号就停了下来，其余的狼都跟着停了下来。它们一定是认出了鞍背，或者闻出了它的味道。一岁狼似乎很平静，只是回过头来看着它们，尾巴处于中立位置，而不是表示服从的蜷缩状。21 号失去了兴趣，走向 106 号去嗅它，又嗅了 103 号。

我注意到，42号并没有试图阻止三匹年轻母狼繁殖；而其他母头狼通常会这么做，可能是因为它们想得到带回巢穴的所有的肉，而不用分给其他几窝。42号个性不专横，它让较年轻的、等级较低的母狼有更多的自由和选择，而其他母头狼可能不会容许。年轻母狼中有两匹是它的外甥女，一匹是它的女儿，所以这种亲缘关系可能会影响它如何对待它们。

鞍背继续在远处看着狼群。一天，三只幼崽走向它。当它们走近时，它摇了摇尾巴，然后它们一起玩了起来。后来它再次试图走向狼群。106号看到了它，并向它的方向跑去，但新灰从它身边跑过，并向一岁狼冲了过去，让它远离母狼们。鞍背跑开了，然后趴下，继续观察狼群。

那天下午，21号趴在103号身边，新灰走向106号。它把尾巴摆开，新灰闻了闻它的屁股。这时，21号正朝另一个方向看着。然后它注意到这两匹狼搞在一起了。新灰试图做出一副无辜的样子。它和106号分开了，21号对它们失去了兴趣。几分钟后，年轻的公狼偷偷回来，跳到106号身上，再次插入。那时21号才转过头，看到了所发生的事情。它跑过去按倒了新灰，但已经来不及阻止交配了。21号监督了它们好几分钟，只是两匹狼仍然纠缠在一起，所以它放弃了，走开了。

这一事件表明，低等级的公狼也可以成功繁殖，只要它瞅准时机。在任何有多匹成年狼的狼群中，每匹公狼或母狼都想繁殖，如果年轻的成年狼们互相之间没有亲缘关系，那么头狼就很难阻止它们。

103号跑来分散了21号的注意力。交配结束后，21号按倒了新灰，咬了它一口表示纪律规范，然后转向103号，几次试图骑上它，但都没成功。这时天已经黑了，我回去了。虽然我们没有亲眼看到21号给103号配种，但它后来筑巢并产下了幼崽，所以21号确实在某个时刻让它怀孕了。

鞍背仍然在这一地区，幼崽经常与它互动。有一天，它与 42 号进行了一次友好的会面。一岁狼加入了它们，一起进食。它们对它很友好，也会一起玩。我最后一次见到它是在 2 月 19 日。我想它意识到是时候继续前进，并寻找一匹母狼来建立一个狼群了。这使得德鲁伊峰狼群的成员减少到二十六只。但它们依然是 1995 年再引入以来公园里最大的狼群。

2 月下旬，玫瑰溪狼群在地狱咆哮溪区域西部杀死了一头马鹿。由于成年狼的离群和幼崽的低存活率，狼群只剩下了五个成员。有二十六匹德鲁伊峰狼在这一地区，一定是闻到了玫瑰溪狼的气味，因为它们向玫瑰溪狼群的方向冲了过去。在被一些野牛引开后，德鲁伊峰狼群继续向西前进，这次是以小跑的方式。很快，它们闻到了马鹿尸体的气味，并飞快地跑到现场。但德鲁伊峰狼群并没有进食，而是闻了闻玫瑰溪狼的气味，沿着它们的足迹向西跑去。

在德鲁伊峰狼群西进接近利奥波德狼的领地时，我失去了它们的踪迹。我开车去了那片区域，在公园道路北面的裂缝溪得到了德鲁伊峰狼的信号。那是它们去过的最西的地方。它们领地的最东边是银门地区，就在公园的东北入口外。裂缝溪地区现在是领地的另一端，东西超过 40 英里。在公园的这部分地区，没有一个小狼群能够抵挡得住德鲁伊峰狼群。21 号吞并了大量土地，而且没有使用武力，靠的只是压倒性的数量。

有一个狼群可能是德鲁伊峰狼的潜在对手：内兹帕斯狼群。它们的基地在公园的西边，但偶尔也会到北边来。在 2000 年底，内兹帕斯有二十二匹狼：十五匹成年狼和七只幼崽。随着鞍背的离群，现在德鲁伊峰狼只有六匹成年狼了，加上二十只幼崽。如果两个狼群之间发生对抗，内兹帕斯狼群多余的成年狼可能是哪个狼群获胜的决定性因素。

第六章　分开的巢穴

到 2 月底，德鲁伊峰狼群中所有的繁殖行为都结束了，但 21 号和 42 号还在继续着它们的亲密时刻。有一天，当 42 号趴着时，21 号走过来问候它。42 号伸出一只前爪，玩闹着打 21 号的头，然后舔它的脸。当 21 号走开时，42 号跳了起来，在它身边嬉闹，同时继续舔它的脸。21 号停下来，42 号还是继续舔它的脸，保持着幼崽般低伏的姿势。

我只在利奥波德狼群的头狼 2 号和 7 号狼身上看过类似的行为，所以这并不是所有头狼夫妇中常见的。也许，就像人类结婚已久的夫妇一样，感情的表达方式有很多不同的形式，而 21 号和 42 号的性格恰好使得它们有这样的表现。21 号将成为传奇，它是黄石国家公园有史以来最强悍的公狼，但它毫无忌惮地表达着对 42 号的爱意，还有对幼崽的。

九天后，即 3 月 14 日，早上六点十分，我在德鲁伊峰狼的巢穴森林中收到了 42 号的信号。这一地区没有其他戴项圈的狼，所以它可能独自在那里准备自己的巢穴。如果它在与 21 号的第一次交配中就怀孕了，那么它的预产期将在 4 月 4 日左右。我继续开车，在斯鲁溪以西发现了其他德鲁伊峰狼。上午十点五十五分，我在斯鲁溪看到 21 号和 42 号在一起。也许它已经清理了自己的巢穴，然后走了 9 英里到那个地区，与 21 号接上了头。我注意到它的腹部两侧鼓起，这是它怀孕的迹象。

3 月 18 日，我又在德鲁伊峰狼巢穴看到了 42 号，同时还收到了其他戴项圈的狼发出的信号。头狼夫妇从树林走出来,我看到有二十一匹狼和它们在一起。一只幼崽的项圈发出了死亡信号,但我们最近已经对所有幼崽进行了统计。其他"狼项目"的工作人员后来徒步走到信号发出的地方,找到了项圈。项圈是被咬掉的,可能是其他幼崽干的。这种情况在黄石国家公园其他戴项圈的狼身上也发生过几次。幼崽发出死亡信号,还可能是因为项圈滑落了。当研究人员给幼崽戴上项圈时,他们会把项圈弄得稍微宽松一些,这样等幼崽长大之后项圈不至于太紧。不过如果太松,在与其他幼崽玩耍的过程中,项圈就会滑落。

戴夫·梅奇,被誉为世界顶级的狼专家,那年春天他也在公园里。一段时间以来,我一直在想,马鹿的一脚会对狼造成什么样的伤害?我曾观察过断腿的狼,也见过8号狼嘴里断牙的照片,正是8号收养和抚养了21号。对于一匹野狼来说,8号的寿命很长了,超过了六岁。它与几乎总是比它大得多的马鹿和野牛进行了无数次搏斗,这个过程中积累的伤害很可能降低了它的反应能力,并造成了我们认为的死因:被一头马鹿踢中头部后淹死在了斯鲁溪中。我问戴夫,被踢是不是也可能损害狼的体内器官。他回答说,生物学家在现场检查狼的尸体时,可能不会注意到肾脏等器官的损伤,必须由训练有素的病理学家在实验室里做全面的尸检才能发现,而这几乎是不可能的。

接着戴夫和我走到一个马鹿的猎杀现场。这是一头中年母马鹿,由于口腔感染,它少了一颗门牙,还有几颗牙齿松动了。通常这种类型的感染是由腐烂的植物卡在缺牙的凹槽中造成的。感染和嘴部的损伤会让它成为一个脆弱的目标,容易被狼群盯上。几年前,当我在阿拉斯加德纳里国家公园工作时,与戴夫进行过一次谈话。他告诉我,他认为如果对每只被狼杀死的成年猎物进行全面解剖,每一只都会发现某种健康问题的证据。

3月下旬，德鲁伊峰母狼的等级发生了变化。106号一直是三个成年姐妹中等级最低的。我看到它走近103号，尾巴高高翘起。106号按倒了它，而103号顺从地接受了它姐姐的支配行为。第二天，106号追上并拦住103号，然后让它离开。

次日，106号再次追逐并按倒103号。42号过来了，尾巴翘起。这让106号分了心，103起身跑开了。但106号再次追赶并拦住了它。42号进行了干预，走过去按倒了106号。这给了103号一个逃跑的机会。106号再次追赶103号，把它拉倒。这一次，当42号去找106号时，这匹年轻的母狼在42号身下仰面翻滚着。当106号终于爬起来时，我看到它已经怀孕了。我想，它的怀孕可能使它对自己的妹妹更有攻击性，因为相比等级低的母狼，等级高的母狼往往能从其他狼那里获得更多的支持。

我对42号的行为非常好奇。我想知道它是否在努力减少母狼之间的攻击性，以便它们在幼崽出生时能更好地合作。几天后，105号摇着尾巴去找106号，两匹狼进行了一次中性的互动。105号看起来也怀孕了。由于105号是三姐妹中地位最高的，它可能不认为106号对它的地位构成威胁。

21号的个性似乎能把狼群拉到一起，增强家庭成员之间的联系。4月4日，它离开了德鲁伊峰狼大群。当它回来的时候，二十二匹狼冲过来围着它。它也向它们打招呼。这就像一个人回到家和一群狗打招呼一样，这些狗看到它们的人类朋友都非常高兴。

到了42号的预产期那天一早，它和狼群一起在地狱咆哮溪区域。那是离传统的德鲁伊峰狼巢穴以西20英里的地方。42号在上午晚些时候回到了巢穴，它快速穿越了那段距离，表明它很快就要生下幼崽了。次日一早，我在那儿收到了42号和21号的信号，但没有收到其他狼的信号。21号肯定是回到巢穴去察看42号情况的。

那天晚上，42 号的信号很弱，表明它在地下，可能正在生崽。

四天后，我看到 21 号从猎杀现场返回 42 号的洞穴。透过树林的间隙，我看到 42 号缠着它要吃东西。它低下头，反刍出了很大一堆肉。那天早上是 105 号的预产期，起初我在任何地方都没有收到它的信号，但那天晚上我在斯鲁溪以西的山脊上收到了微弱的信号。很快，之后的一次追踪飞行报告说，105 号正位于 1996 年玫瑰溪狼 9 号使用过的巢穴，当时它的儿子 21 号还在狼群中。德鲁伊峰狼把玫瑰溪狼赶出了那个地区，由于一个好的巢穴是很难找到的，所以 105 号占用它是有道理的。

后来我看到 21 号去看 105 号。它很可能也给 105 号带了食物。在接下来的日子里，21 号在 42 号和 105 号的巢穴之间交替穿梭，一次往返是 24 英里。21 号身体特别强壮，而且有超强的耐力，所以它能应付得了。另外两匹德鲁伊峰成年母狼，103 号和 106 号，仍然与狼群一起出行，而且看起来都怀孕了。2000 年出生的幼崽现在刚刚满十二个月，正式成为一岁狼。

4 月 18 日，罗杰·斯特拉德利做了一次追踪飞行，打电话告诉我，106 号在斯鲁溪附近的森林中筑巢，西边就是 105 号的巢穴。这个位置在另外两个巢穴之间，所以 21 号可以在去 105 号巢穴的路上，或回 42 号巢穴的路上，顺便看看 106 号。

两天后，德鲁伊峰狼群出现在一个猎杀现场，42 号和 105 号也都在群里，它们已经生完幼崽恢复了。当 105 号朝它的巢穴走去时，42 号紧随其后。我失去了它们的踪迹，后来在那个地区得到了它们两个的信号。42 号可能是在检查 105 号幼崽的情况。后来我看到的迹象表明，42 号、105 号和 106 号都在哺育幼崽。

4 月 21 日，我没看到 103 号和其他德鲁伊峰狼在一起。我们最终在斯鲁溪以西的空地上找到了它的巢穴，是在 105 号巢穴的下坡处。从"小美国"的路边可以看到 103 号巢穴的入口，所以我们有可能从那里很好地看到幼崽的情况。我们现在知道，德鲁伊峰狼群的四匹母狼都筑巢了。但与 2000 年春天相比，当时是三窝幼崽，只有六匹成年狼，而今年有二十二匹成年狼来支持这四位母亲和它们的幼崽。

4 月下旬，我要带一个由罗斯玛丽·苏塞克组织的拉科塔族长老团，她负责联络公园管理局和与黄石地区有传统联系的美国原住民部落。罗斯玛丽和我把他们带到斯鲁溪，帮助他们看到了狼、一头灰熊和一头黑熊。那是他们中的大多数人第一次看到野狼。其中一位长老告诉我，她非常欣赏野狼，让它们在西部地区恢复是多么重要。

5 月 1 日，十一匹德鲁伊峰狼拜访了 103 号的巢穴。一匹一岁狼溜进洞里，又出来了，抖了抖毛皮上的土。不久，103 号从洞里出来，向狼群打招呼。它们轮流看了看窝里的情况，可能是在看它刚出生的幼崽。两天后，我在拉玛尔谷的主巢穴收到了另外三匹母狼的信号——42 号、105 号和 106 号，从那时起，三匹母狼似乎都安顿在那里。我无法判断两匹年轻的母狼是否将它们的幼崽转移到了 42 号的巢穴，还是它们的幼崽发生了什么事情。我只能等待统计幼崽来了解情况。

5 月 6 日，我第一次看到 42 号巢穴里的幼崽，透过树林的间隙，我瞥见了四只黑色幼崽。其中一只走到躺着的 42 号身边，试图在它身上吸奶。它跳了起来，走了开去。四只幼崽在它身后追赶。我们最终统计出那里有九只幼崽：六只黑的和三只灰的。我们仍然不知道 105 号和 106 号是否将它们的幼崽转移到了 42 号的巢穴，或者它们的幼崽有没有存活下来。由于黄石国家公园平均一窝幼崽是四到五只，所以这里可能混合了至少两窝甚至三窝幼崽。后来，道格给这些幼崽中的四只戴上了项圈。基因检测表明，一只是 42 号生的，三只是 106 号生的。其他五只幼崽的母亲就不知道了，因为我们没能成功搞到它们的 DNA 样本。

在试图弄清楚为什么 105 号和 106 号搬到了主巢穴时,我想起那年 3 月和 4 月初,斯鲁溪地区的马鹿密度非常高。德鲁伊峰狼在那里度过了很多时间,并且在狩猎马鹿方面取得了很大的成功。4 月 4 日,42 号离开狼群回到拉玛尔谷的巢穴。当时,该巢穴周围的马鹿数量很少。103 号、105 号和 106 号都选择了马鹿较多的巢穴,这似乎是一个明智的决定。但这只是暂时现象,因为大多数马鹿很快都迁移到了拉玛尔谷,在那里产下了它们的鹿犊。当时 42 号已经在拉玛尔谷生活了五年,它知道母马鹿在春天会聚集在那儿。它的巢穴离它们的产崽区很近。对我来说,这证明了它的智慧和远见,以及相伴的认知模式。年轻的母狼在马鹿行动方面的经验较少,选择巢穴地点时犯了错误,那些地方的马鹿数量在春季晚些时候就减少了。

103 号在它的巢穴里待着,尽力而为。年轻的德鲁伊峰狼现在不常来看望它了,可能是因为它们忙着和主巢穴的幼崽们玩耍。5 月 10 日,我第一次看到了 103 号的幼崽。103 号躺在巢穴入口处。两只黑色的幼崽从巢穴中爬出来,找到了它,在它身上吸奶。八分钟后,它站了起来,结束了这一过程。当它进入巢穴时,一只幼崽跟着它。另一只幼崽似乎不记得窝在哪里了,它以随机的方向爬来爬去,最后爬到了入口的下坡处。这只幼崽一定是感觉到了巢穴在上坡处,因为它开始往那边走,但坡度太大,它又翻滚下坡了。103 号走出巢穴,环顾四周。它闻了闻幼崽刚才吃奶的地方,然后沿着失踪幼崽的气味下坡。我看到它探入草丛中,叼着那只幼崽回来了。103 号把这只小狼带回了巢穴。

四天后,我看到三只黑崽腿脚不稳地从洞穴里爬出来。其中两只被绊倒,跌回了通道里。它们又出现了,三只都试图在周围走走,但经常摔倒或滚下山。母狼躺在那儿,看着它的孩子们。最后,它

2

2

们三个都靠自己回到了巢穴中。这是 103 号的第一胎，但事实证明它是个好母亲，它允许它的孩子们自由探索，同时仍然能确保它们的安全。

第七章　最大的狼群

5月21日，我第一次看到103号的幼崽们在玩耍。其中有两只在摔跤。它俩失去平衡，滚下了山坡。此后，三只幼崽都在巢穴入口附近区域进行了探索。它们现在可以很好地四处走动了。那天，道格飞过这个地区，打电话告诉我，斯鲁溪里有一头大野牛的尸体，就在103号洞穴的东边。我们不知道它的死因，但既然那儿有几百磅的肉，103号肯定能找到它。那具尸体可以确保它的幼崽的生存。我走到戴夫山，看到一头灰熊正在吃野牛。103号必须要有耐心，等它离开。它没等多久，因为那头熊很快就离开了。103号到现场去啃食。吃完后，它马上回到了巢穴。它的幼崽太小了，还不能吃肉，但它需要这些食物，这能确保它分泌足够多的奶水。

我最后一次看到103号和它的幼崽在它们出生的巢穴，是在6月2日。三天后，一匹黑色一岁狼来到这里，四处嗅嗅。我扫视了一下整个区域，看到21号带领着九匹德鲁伊峰狼来到了斯鲁溪的野牛尸体旁。狼吃饱后，42号把这群狼带到一个岩石山丘上，在那里和103号碰头。我们看到它已经把它的幼崽移到了一个新的巢穴里。狼妈妈经常把它们的幼崽移到新的巢穴，通常我们都不知道原因。在某些情况下，跳蚤或其他昆虫的侵扰是放弃的原因。另外，狼妈妈可能看到灰熊在巢穴周围嗅来嗅去，觉得它必须转移幼崽。德鲁伊峰狼群很快就回到了尸体旁，103号和106号交换了领头位置。这让我放心了，它是选择在这里筑巢，尽管这个地方有很多挑战，而不是被迫离开狼群。

那时候我看到十四匹德鲁伊峰狼在拉玛尔谷狩猎。它们找到了一头公马鹿，开始追它。三匹一岁狼领头，它们与公马鹿并肩奔跑。另一匹一岁狼紧跟在马鹿身后，被一脚踢中脑袋向后退去。老狼追上领头的一岁狼，也跑到了公马鹿身边。106 号咬住了它的侧面。21 号超过它，跳起来，咬住了马鹿的喉咙。它和其他狼把公马鹿拉倒，干掉了它。奔跑在马鹿身边的狼显然已经知道这种位置可以保护它们不被后腿踢到。希望那匹被蹄子踢中的狼那天能学到这一课。

在德鲁伊峰狼主巢穴的上游，有一个活跃的海狸小屋。有一天，德鲁伊峰狼离开巢穴，打算过河去找最近的一个狩猎地点。42 号在前面带路。当它穿过小屋附近的水面时，一只海狸向它游来，用尾巴拍打着河面，警告它的家人有捕食者在这个地区，然后潜下去游走了。

42 号和其他五匹狼在河里来回游着，寻找那只拍出动静的海狸。21 号赶到并加入了它们的行列。其他狼留在河岸上，在小屋周围走动。一匹狼爬上屋顶，从海狸在顶部留下的通气小孔往里看。有几匹狼游过河去寻找猎物尸体，其他狼则待在岸边，试图想办法抓住这只海狸。

有一刻，一匹灰色一岁狼在水边，就在小屋旁。海狸直接向狼游去，狼惊讶地跳开了。灰狼停了下来，转过身，看到海狸在水里盯着它，就在 1 码之外。狼向后退去。海狸现在位于狼和小屋之间，游得更近了。当海狸再次拍打尾巴时，狼惊讶地跳开，然后夹着尾巴跑走了。海狸游向另一匹在小屋基底挖什么东西的一岁狼。狼向它走来。等到一岁狼离水面还有 2 英尺时，海狸又拍了一下尾巴。这使得水花在空中飞溅了起来。狼退缩了，藏起脑袋，避免被淋湿。

我在现场观察了近两个小时，看到海狸在狼群调查它家的过程中发出了三十九次拍打警报。狼群从未抓到过那只海狸。根据戴夫·梅赫、道格·史密斯和丹·麦克努蒂撰写的《狼的狩猎》一书，目前还没有关于狼杀死海狸的记录，但研究人员发现了被狼杀死并吃掉的海狸尸体。狼很可能在远离水的地方抓到了它们，因为在那里狼能比这些短腿的啮齿动物跑得快。我曾经看到 21 号的一个曾孙女叼着一只刚被杀死的海狸回到它的巢穴。它是从一条小溪过来的，可能是在浅水区抓到的。

6 月中旬，我在一具新的公马鹿尸体旁看到一群德鲁伊峰狼。一岁狼们在一起玩耍，42 号也参加了，它追赶着一匹嘴里叼着棍子到处跑的黑狼。然后 21 号摇着尾巴走了过来，一岁狼们围着它转。其中一只和它摔跤，它假装这匹小狼与它势均力敌。摔跤过后，21 号嬉闹着跑开了。后来，我看到另一匹一岁狼冲向它的时候，它假装害怕，收起尾巴跑开，装作自己不是头狼。它已经六岁多了，换算成人类大概五十岁，但还是喜欢和子女们一起玩。

那周的一天，我像往常一样早早起床，去寻找狼群，然后意识到我这样做已经整整一年了——连续三百六十五天。

6 月下旬，我们在斯鲁溪的西边收到了一个德鲁伊峰公狼项圈发出的死亡信号。我在看起来水最浅的地方涉足小溪，但水深仍然到我的腰。我在西边的山脊上找到了项圈，它从狼脖子上滑下来了。当我带着它返回穿过小溪时，我想到了 1999 年底，我看到 8 号在附近的一段小溪中与马鹿搏斗，它被对手踢到了水底。然后我想象着它的死亡方式，在我所在的上游，8 号被马鹿踢中头部后淹死了。在 21 号养父的生活中，这条小溪扮演了重要的角色。

6 月下旬，我在拉玛尔谷看到了 103 号和其他德鲁伊峰狼在一起，那是在筑巢季节开始后它第一次去那里。不久后，我就去了亡幼丘，看到主巢穴里的九只幼崽在沼泽地里捕食田鼠，一起玩耍。加上 103 号的一窝，这个家庭共有十二只幼崽，还有六匹成年狼和二十四一岁狼，总共有三十八匹狼。据我所知，这将是有史以来任何有记录的狼群中数量最多的一次。但我必须全部一起看到它们，才能成为正式记录。这意味着 103 号狼必须把它的幼崽带到大群中。

7 月初，我在主巢穴区发现了一匹带着八只幼崽的灰色一岁狼。它一直处于警戒状态，看护着幼崽，跟着它们四处走。通常情况下，如果有几匹一岁狼和幼崽们在一起时，有些会和它们一起玩。我想知道，只有一匹一岁狼和幼崽们在一起时，它是否会放弃正常玩耍，转而监督它们。比起较近的幼崽，这匹一岁狼观察着群体中最远处的幼崽，这表明它最关心的是那只最远的。当所有的幼崽都在一起时，一岁狼不断地从这只看向那只，再看向所有的其他幼崽，依次检查。

一岁狼们严肃地对待看护小宝宝的任务，而且它们很擅长。后来我看到，当一头灰熊游荡到巢穴森林下面的沼泽地时，两匹一岁狼担起了责任。那儿有五只幼崽，还有一匹黑色一岁。当幼崽们四处跑动玩耍时，黑狼接近了灰熊。一匹灰色一岁狼看到了，也来到沼泽地，向灰熊走去。幼崽们在附近玩耍，似乎毫不在意发生了什么。一岁狼和灰熊稍微离开了我的视线。然后我听到了熊在咆哮。幼崽们立即向巢穴跑去，可能躲了进去。灰熊又跑进了我的视线里，两匹一岁狼把它赶走了。看起来幼崽们本能地知道，听到咆哮的时候要跑到地下去。

德鲁伊峰狼经常去斯鲁溪看望 103 号和它的三只幼崽。一位狼观察者告诉我，她看到 42 号在 103 号不在的时候来过。三只幼崽出来后，42 号向它们反刍。正像狼妈妈给其他狼妈妈的幼崽喂奶一样，当它们长大到可以吃肉时，它也会给它们反刍。103 号选择远离主巢穴筑巢，但 42 号还是特意过来帮助低等级母狼。

7 月 19 日，主巢穴中的一只黑色幼崽跟随一些成年狼穿过马路来到玉髓溪聚集地，第二天又有两只灰色幼崽一起过来。那之后，就很难再追踪到九只幼崽了。27 日，道格飞了一次，在高处的欧泊溪聚集地看到了七只幼崽和十一匹成年狼。他从南面更远的地方收到了头狼们的信号，所以年轻的成年狼一定在照顾幼崽。在那之后，我们就没有在主巢穴看到任何幼崽，所以它们一定都被转移到了某个聚集地。

我几乎每天都去斯鲁溪查看103号的三只幼崽。103号定期从它的巢穴到拉玛尔谷来回走动。8月1日，我看到它来到玉髓溪聚集地，给那里的两只幼崽反刍，这些幼崽可能是42号所生。早些时候，42号也喂过它的幼崽。现在它正喂养另一个母亲所生的幼崽，回报这个恩情。

次日，玉髓溪聚集地挤满了狼。我最终数出了二十五匹：十六匹成年狼和主窝的全部九只幼崽。那一天，这群狼特别爱玩。21号爬起来，把前爪搭在42号的肩上。一匹灰色的一岁狼抓住一只田鼠，放走它，追着它，然后用鼻子推着它走。像前几代德鲁伊峰幼崽一样，新的德鲁伊峰幼崽找到了有很多田鼠的沼泽地，并花了很多时间来捕捉和玩弄它们。

8月的每个清晨，我都在拉玛尔谷检查狼群，观察能不能看到它们，然后去斯鲁溪寻找103号和它的幼崽。它经常离开它的幼崽，猎取食物带给它们。其他德鲁伊峰狼定期来访。我注意到，新灰似乎比其他德鲁伊峰狼更多地与103号的幼崽在一起。幼崽们总是跑过来向它打招呼，像面对一个最喜欢的叔叔，它也总是给它们反刍。

有一头野牛在拉玛尔谷自然死亡，被德鲁伊峰狼发现了。8月11日，我在那里看到了十匹成年狼，包括头狼夫妇。一头大灰熊占据了尸体，让狼群无法靠近。21号站在一边，挨着什么东西，似乎是野牛的一部分身体。后来它走向灰熊，对着它咆哮。当灰熊冲过来并向它挥动前爪时，它灵活地躲开了。然后它与灰熊达成了妥协。21号和其他六匹德鲁伊峰狼在尸体的另一端进食，灰熊在对面。这可能是一头老熊，它宁可集中精力进食，不愿浪费大量时间反复赶走狼群，因为它根据经验知道，狼群还是会马上回来的。也许这头灰熊和21号已经认识很多年了，以前就这样约定过很多次。

21号后来回到那个单独的东西那儿，从它身上拔出了毛。我从它的大小和形状可以看出，它并不属于野牛的尸体。当21号把它抓起来时，我看到它是一只一岁灰熊幼崽的尸体。我给黄石国家公园的熊生物学家凯里·冈瑟打电话，他安排了两名工作人员来拉玛尔谷调查。

我又看向那头成年灰熊。现场的人告诉我那是一头母熊。我注意到它的皮毛上有两处缺口，可能是与另一头熊打架时受的伤。那天晚些时候，我与熊生物学家特拉维斯·维曼和苏珊·秦碰面。他们带着那只灰熊幼崽。那是一头40磅重的母熊，喉咙上有刺伤，几根肋骨也被打断了。它一定是被一头成年熊击打了，可能先被打，然后被咬住了喉咙。它肚皮上的毛发和皮肤都没了，其他倒是没少什么。

我采访了比尔·哈姆林，他是来自爱达荷州的黄石国家公园的常客，也是灰熊方面的专家。他告诉我，那天清晨他是第一个到达现场的。除了尸体旁的母熊外，第二头灰熊正要离开这个区域，可能就是它杀死了母熊的幼崽。之后，德鲁伊峰狼也来了，21号发现了死掉的小熊，但没有啃它。公灰熊杀死幼崽的情况并不罕见。如果母灰熊失去了新的幼崽，它可能会马上进入繁殖模式，这样它可以很快有一窝新的幼崽。杀死幼崽的公熊可能是与它交配的熊。这样，它就可以用自己的幼崽取代另一头公熊的幼崽。这种行为与公狼形成鲜明的对比。公狼会收养并抚育其他死去的公狼所生的幼崽，就像8号收养21号和它的七个兄弟姐妹那样，也像21号在加入德鲁伊峰狼群后抚养五只幼崽那样。

8月中旬，我在拉玛尔谷看到了二十六匹成年德鲁伊峰狼，大部分在玉髓溪聚集地。五只幼崽也在。这加起来是三十一匹狼。我去了斯鲁溪，看到了103号的三只幼崽中的一只。我还在试图把全部二十六匹成年狼和十二只幼崽加在一起数。我听说飞行员罗杰·斯特拉德利最近在斯鲁溪看到了全部三只幼崽，所以它们过得很好。

几天后，当两只黑色幼崽一起在拉玛尔谷出现时，我注意到其中一只比另一只大很多。小的那只幼崽身上的斑纹与103号的一只幼崽一致。我们估计103号的幼崽比42号的幼崽小十八天左右，所以这可以解释个头的差异。这次目击确定了103号的幼崽中至少有一只目前在拉玛尔谷的大群中。那天，103号也在狼群里，而那只幼崽就睡在它身边。

8月29日，我终于看到了我想看的场景。那天早上，我在玉髓溪聚集地数出了二十三匹狼。然后又有十四匹狼过来汇合。这群狼加起来有三十七匹，创造了任何已知狼群成员数量的世界记录。由于十二只幼崽都活了下来，所以总数应该三十八匹。后来我去了斯鲁溪，在那儿看到了一只黑色幼崽，这是第三十八匹德鲁伊峰狼。从那以后，我再也没有见过这么多的德鲁伊峰狼在一起。一些成年狼和一岁狼很快就开始离群，并试图组成新的狼群。最终，斯鲁溪的最后一只黑色幼崽与玉髓溪聚集地的另外十一只幼崽汇合。这意味着，截至9月初，所有已知的十二只幼崽都活了下来。

不同窝的幼崽们相处得很顺利。有一天，我看到一只小黑崽，可能是103号的，在追赶一只大得多的黑崽，并咬了它的屁股。大幼崽把尾巴夹在两腿之间，然后去追赶小幼崽。它们再一次互换了角色，更小的追着大一点的，咬它的屁股和后腿。

水鸟经常出现在聚集地旁边的沼泽中，幼崽对它们很感兴趣。有一天，四只幼崽接近了四十只加拿大鹅。大多数鹅都飞走了，只有一只停留在地面上，领头的幼崽向它跑去。当鹅飞走后，幼崽闻了闻它待过的地方。另一天，一只黑色的幼崽反复接近一只白尾鹞，这种鸟以前被称为灰鹰。幼崽摇着尾巴向它走去，表示希望和鸟儿玩耍。当它走近时，白尾鹊飞了一小段距离才落了下来。幼崽最终前进了六次，而白尾鹊总是飞远。在最后一次接近时，幼崽跳了起来，试图在鸟飞起来时抓住它。

2001 年 9 月 11 日，就像其他任何一个早晨一样开始。我碰巧打开了汽车收音机，听到纽约双子塔被袭击的消息。道格当时正在和罗杰做追踪飞行，当他们听到全国各地的飞机都必须立即降落时，立刻转身回来。几年后，一头黄石国家公园的公狼被戴上项圈，并被分配了 911 作为它的号码。当 911 号成为老狼时，它以一种特别英勇的方式死去。这种行为让我想起了那些勇敢的消防员、警察、医务人员和普通人，他们试图帮助袭击事件的受害者，并在这个过程中失去了生命。我将在另一本书中讲述 911 号的故事。

10 月初，我看到 42 号和 103 号在追赶 105 号。不远处，21 号和其他狼在追赶新灰。在追逐过程中，21 号在它的屁股上咬了几下。几天后，105 号和新灰就不见了。10 月下旬，105 号回来了，没有带着新灰。42 号带着其他几匹母狼把它赶走了。在那之后，105 号没有再回到狼群中，我们也没再看到新灰。大约在那个时候，我看到 42 号把 103 号和 106 号都按倒了。它们和 105 号一样，都已经四岁半了，换算成人类的年龄，大约是三十八岁。大多数年轻的母狼在这个年龄之前已经离开了狼群。现在是三姐妹寻找配偶和建立自己狼群的时候了。

第八章　拉玛尔谷之战

10 月 19 日，驻扎在公园西侧的内兹帕斯狼群入侵了拉玛尔谷。这个狼群有十八匹成年狼，少于德鲁伊峰狼群的二十六匹，但德鲁伊峰狼群的成年狼并不总是在一起。内兹帕斯狼群中的每匹狼都是灰狼，而德鲁伊峰狼大多数是黑狼。

清早，我看到 21 号狼和其他六匹德鲁伊峰狼趴在玉髓溪聚集地。我收到了 42 号的信号，并在西边两英里处发现了它和其他十匹德鲁伊峰狼。当 42 号和它身边的狼群向 21 号的队伍前进时，一个由十五匹内兹帕斯狼组成的狼群从树林中冲了出来。它们冲进 42 号的队伍里，狼来回奔跑，场面一片混乱。

42 号从冲突中脱身出来，发出嗥叫声。聚集地的德鲁伊峰狼也嗥叫着回应。42 号的嗥叫声向 21 号传达的信息一定是要求它立即提供帮助，因为 21 号那边的狼群已经起身，快速向西行进。21 号领头，它一蹬后腿跳了起来，想看清楚前面的情况。

42 号带着它的狼群向 21 号跑去。21 号显然在尽责保护它的家人，跑到了队伍的前面。然后我听到西南方向的树林里不断传来嗥叫声，表明内兹帕斯狼群已经退到了树林里。它们一定是看到 21 号带着增援部队跑过来了，于是就逃了。

我把望远镜对准 42 号，看到它臀部有血迹。那一定是在冲突一开始的时候被咬伤的。21 号的队伍与 42 号的会合了。21 号立即注意到了那个伤口，嗅了嗅，以了解敌方狼群的气味。以我对它的了解，我想这使得它下决心要把内兹帕斯狼赶出它的领地，所以德鲁伊峰狼群还在继续前进。但它们很快停了下来，集体嗥叫起来。没有找到任何残存的敌狼，它们转过身来，朝玉髓溪聚集地走去。

当时，我以为冲突已经结束了，就向西去寻找内兹帕斯狼的大群，这意味着我错过了接下来发生的事情。幸运的是，库克市居民克里夫·布朗拍摄到了这一事件，后来还把他的影像借给了我。

视频一开始显示，八匹内兹帕斯狼，它们一定是刚从树林里出来，追赶几匹年轻的德鲁伊峰狼。内兹帕斯狼大多数时候集合在一起，而德鲁伊峰狼则四散而逃。几分钟后，内兹帕斯狼停了下来，发出了响亮的集体嗥叫声。它们专心向东边望去，然后朝那个方向追赶。

接下来，克里夫的视频显示，十六匹德鲁伊峰狼直接冲向内兹帕斯狼，21 号一马当先。它径直冲向已经停下来紧紧站成一团的敌方狼群。看上去它打算直接冲进去。这给我的印象是，21 号并不关心其他狼是否跟随着它。它的家人正受到威胁，它毫不犹豫地独自冲向那些咬伤了 42 号的狼。

片刻之后，当 21 号冲过去时，内兹帕斯狼甚至还没交手就逃跑了。它们被吓得不敢面对 21 号。克里夫的视频显示，德鲁伊峰狼来回追赶内兹帕斯狼。入侵者完全没有组织，陷入无尽的恐惧中，跑进了西南方向的树林里。

视频的最后部分显示，21 号和 42 号四处嗅了嗅内兹帕斯狼走过的区域，然后，21 号带领它的队伍进入树林。在那里我们跟丢了入侵的狼群。德鲁伊峰狼没有找到任何敌狼，又重新出现了。狼群在这一带巡逻。它们有时向西望去，并发出嗥叫声，然后继续搜寻。看起来像在进行一次军事清扫行动，以确保该地区没有敌狼藏身。

我永远不会忘记克里夫视频中的那一刻，21 号奔跑在其他德鲁伊峰狼的前面，冲进了内兹帕斯狼群。这是战斗中体现勇敢的惊人表现。这样一个狼父亲冒着生命危险保护它的伴侣和家人的画面，永远为我定义了 21 号的性格。

第二天早上，德鲁伊峰狼又回到玉髓溪聚集地。一匹黑色的一岁狼站了起来，我看到它的左后腿受伤了。它可能一开始在与内兹帕斯狼的对战中被咬伤了。后来它走动了一下，但没有让伤腿承重。103 号和一只灰色的幼崽走了过来，和它友好地打了招呼。受了伤的一岁狼向它们摇了摇尾巴。我看到它做任何动作都很艰难，无论是走路还是试图趴下。其他狼离开了，但在当天晚些时候，21 号狼过来了，给这匹一岁狼带来了食物。在接下来的几天里，这匹年轻的公狼一直趴在聚集地，大部分时间独自待着，除了偶尔抬起头来看看周围之外，几乎什么也没做。

狼群于 10 月 24 日返回，我数了一下，聚集地有二十九匹狼。大多数狼都吃饱了，我看到一匹狼给了一只幼崽一块肉。我希望这匹受伤的一岁狼也能分到食物。后来我看到它和其他狼在一起走动，它还是把伤腿抬离地面。

两天后，我发现一些年轻的德鲁伊峰狼从拉玛尔谷的一具新鲜马鹿尸体那儿，回到了聚集地。领头的狼是一只黑色的幼崽，带着一条从尸体上取下来的腿。当它到达聚集地时，这只幼崽把腿放在受伤的一岁狼身边，摇晃着尾巴，然后顺从地向它打招呼。幼崽离开了，把腿留给了它的队友。那只幼崽本来习惯于成年狼给它提供食物，现在它已经成熟到给它受伤的哥哥提供食物了。我被这种行为深深打动。

几个小时后，头狼夫妇回到了聚集地，其他狼都跑去迎接它们。受伤的黑狼也设法起身，用三条腿跑过去。第二天，也就是 10 月 27 日，与内兹帕斯狼群战斗后的第八天，那匹狼离开了聚集地，和它的家人一起向西行进，并跟上了它们，保持伤腿离地。它时不时停下来短暂休息，然后继续前进。那匹黑狼后来被戴上了项圈，编号为 253 号。尽管带着永久的残疾，它还是取得了巨大的成就。后来，在对它的 DNA 进行分析时，发现它是 105 号的孩子，父亲是 21 号。它是 2000 年母狼们从 40 号手中救下来的幼崽之一。

11 月，德鲁伊峰狼经常在拉玛尔谷和地狱咆哮溪区域之间来回行走，一趟 40 英里。一天，它们在半途的"小美国"趴下休息。当时有二十一匹德鲁伊峰狼，包括很多幼崽。21 号找到了一条马鹿腿，并大嚼了起来。一只黑色的幼崽走了过来，想要玩耍，用爪子敲了敲它父亲的头。21 号对它虚拍了一下，幼崽没有理会。它在大狼面前的地上滚来滚去，用两只前爪打它的脸。这时，一只乌鸦过来了，21 号跳起来把它赶走了。幼崽咬住马鹿的腿，带着它跑开了。21 号好脾气地让这个小家伙保留了它偷来的奖品。那之后不久，我注意到 253 号也在和一只幼崽玩耍，这代表它感觉好些了。

那个月晚些时候，在地狱咆哮溪区域有二十五匹德鲁伊峰狼，包括头狼夫妇。狼群向西走去，253 号领头，仍然只用三条腿。21 号占据了领头的位置，但很快 253 号超过了它，再次领头。我开始真正佩服起了 253 号，因为它拒绝残疾。

253 号让我想起了道格·史密斯曾经告诉我的一个故事。他当时在直升机上，试图给一匹离开狼群的母头狼戴上无线电项圈。他小心翼翼地射中了它。直升机降落后，道格走到那匹半昏迷的狼身边，开始进行检查。一切似乎都很正常，直到他低头看了看它的腿。他惊奇地发现，它只有三条腿。然而，它逃避直升机的速度比狼群里的其他狼都要快。这匹狼可能是在公园外踩到了铁丝陷阱，逃跑时，铁丝还紧紧地缠着它的腿，切断了血液供应，或者切断了它的腿。这种情况在其他狼身上也有记载。想到这一点，你就会意识到，为了自由，狼愿意付出什么代价。新罕布什尔州的座右铭是：自由生存，或死亡。这也是狼的生活准则。

德鲁伊峰狼正在接近地狱咆哮溪区域的一条远足小径，道格和一个同事在三十分钟前刚刚沿着这条路走过。21 号在小径交叉口停了下来，似乎对嗅闻小径特别感兴趣。有一个地方它闻了三次，就像在努力寻找气味。道格是 1995 年春天将八只玫瑰溪幼崽从 9 号的巢穴里拉出来的救援小组成员。我认为狗总是记得它们遇到的狗和重要人类的气味，这让我怀疑 21 号是否认出了救过它的那个人的气味。

道格从 1994 年黄石国家公园狼再引入计划一开始就参与其中，1997 年成为负责人。他是一位经验丰富的狼生物学家，对他的课题充满热情。我总是努力参加道格关于狼的讲座，因为他能向普通人优雅地解释复杂的狼研究，并以饱满的热情来讲解，比我做得更好。他特别善于在演讲结束时将所有的内容整合在一起，以激发和激励听众对狼的关注。我曾听他说过："我迫不及待地想告诉人们关于狼的所有趣事。"

多年来，我是道格的员工中唯一一个不知道如何发短信的人。他开玩笑地告诉我，我是一只史前恐龙。我想过这个问题。恐龙从未学会发短信，看看它们的下场。为了避免像它们一样的命运，我终于想出了如何解决这一点。想到这里，我不再抬头看天上是否有小行星飞过来。

每年春天，道格都会收到一份备忘录，通知他，所有员工因为都在使用政府提供的电脑，必须接受强制性安全培训。道格不得不告诉那个官僚，他有一个员工没有政府电脑，也从来没有用过。他不得不年复一年地经历这个流程。道格可能没有提过，其实我也没有政府办公室、政府办公桌或政府电话。我的办公室就是拉玛尔谷。

大约在那个时候，我看到了一本书，它帮助我更好地理解了狼的思维方式。在《我的自闭症生活：用图片和其他报告思考》一书中，坦普尔·葛兰汀解释说，她用图片而不是文字思考。她是科罗拉多州立大学的动物科学教授，从事设计动物饲养设施的咨询工作。当她被要求规划一个新的设施时，她会在脑海中整理出一系列她所见过或参与过的其他设施的图像，然后在脑海中创建一个幻灯片，展示最适合她新项目的特性。

坦普尔对她的思维方式的解释使我意识到，狼肯定也是用图片思考的。我想起了在斯鲁溪观察幼崽的时候。一只幼崽带着一块肉跑了出去。它绕着聚集地曲折地走了一段距离，在其他幼崽看不到的地方找到了一个位置，把肉埋在那里，然后跑开。另一只幼崽看着它把食物带走，肯定怀疑它是去藏食物的。那只幼崽站了起来，找到了小母狼的气味踪迹，尽管它混在许多其他幼崽的气味踪迹中；沿着迂回的路线来到藏肉之处，幼崽挖出了那块肉。我想象，当它第一次找到母狼的气味轨迹时，它的脑海中出现了那只特定幼崽的形象，再匹配成带着肉的幼崽的样子，然后沿着它的轨迹走。如果遇到其他幼崽的气味踪迹，它就会嗅嗅这些气味，想起其他幼崽的样子，然后确保它回到母狼的踪迹。

同样的流程也适用于大狼。如果 21 号带着新猎物尸体上的肉回到 42 号的巢穴，并喂给它和幼崽，那么它就可以在附近的气味踪迹里嗅一嗅，找到一个能触发它脑海中 21 号形象的踪迹，然后往回追踪。如果这条路线与其他狼的踪迹相交，它可以把每一条都闻闻，获得每一个制造这些踪迹的狼群伙伴的图像，直到找到在它脑海中产生 21 号图像的那一条，然后沿着它走。

12 月 8 日，德鲁伊峰狼在地狱咆哮溪区域的西边。我收到了来自更西边的玫瑰溪狼群的信号。德鲁伊峰狼群规模大得多，正在将玫瑰溪狼群赶出它们原有的领地。道格那天在飞行，他打电话告诉我，他数出德鲁伊峰狼群有二十三匹狼，玫瑰溪狼群只有九匹狼。利奥波德狼群也在西南方它们的领地里，他数出了十五匹狼。根据道格的消息，我徒步走到一个观察点，既能看到趴下的德鲁伊峰狼，也能看到西边更远处的玫瑰溪狼。我很快就听到了来自玫瑰溪狼群的微弱的嗥叫声。正在休息的德鲁伊峰狼做出了回应，它们跳了起来，发出了响亮的集体嗥叫声。在大狼群的嗥叫声中，玫瑰溪狼群跑开了。汤姆·齐伯是利奥波德狼群冬季研究小组的成员，他用无线电跟我说，这个狼群肯定也听到了德鲁伊峰狼的声音，因为它们在自己的领地上嗥叫回应了十分钟。

那时，利奥波德狼群里有一匹一岁公狼，是 21 号同母异父的姐姐 7 号所生。1995 年，在它的家人被放养到公园后不久，7 号就离开了玫瑰溪狼群。它与水晶溪狼群中的 2 号相遇，一起组建了利奥波德狼群，这是黄石国家公园狼再引入后组建的第一个新狼群。它的母亲 9 号，在它离开后生下了 21 号。

德鲁伊峰狼的集体嗥叫声使得 21 号的外甥第一次意识到 21 号和它的狼群的存在。当它长大后，这匹狼将被戴上项圈，标为 302 号。它会来到拉玛尔谷，为它舅舅所熟知，可惜不是什么好事。

第二天，当 21 号和 42 号在休息的时候，106 号和一些一岁狼和幼崽在追赶一群马鹿。它们挑出一头母鹿并将其杀死。头狼夫妇和其他成年狼也过来了，年轻的狼与它们分享了自己的猎物。这在大狼群中已成为一种普遍现象。渴望活动的年轻狼，经常在没有老狼帮助的情况下完成猎杀。21 号在养育和训练这些狼的过程中投入的所有努力现在得到了回报，使它的生活能轻松些。

狩猎中的最有价值成员是黑色一岁狼 224 号。它一口咬住了母马鹿的后腿，尽管马鹿试图回踢它，它还是坚持住了。然后其他三匹狼跑过来，帮助它解决了马鹿。不过后来，其他一岁狼联合起来攻击 224 号，并挑衅它，尽管它为狼群做出了贡献。那些狼走开后，21 号走到趴着的 224 号旁边，一岁狼舔了它的脸。21 号反过来舔它，这是一个对等的姿态——我不记得 21 号对其他公狼做过这个动作，然后它就去找尸体了。224 号跟着它的父亲，没有狼来骚扰它了。

由于 21 号的体形和战斗力，它可能从未被欺负过，但我认为它看到了 224 号的遭遇，对它产生了同情。这件事，以及它回来检查受伤的 253 号、并给它带去食物的那件事，表明 21 号会照顾狼群中的年轻狼，并对遇到困难的狼给予特别关注，就像人类的父亲对儿子或女儿一样。

第三部

2002年

领地地图

黄石狼群领地
2002年

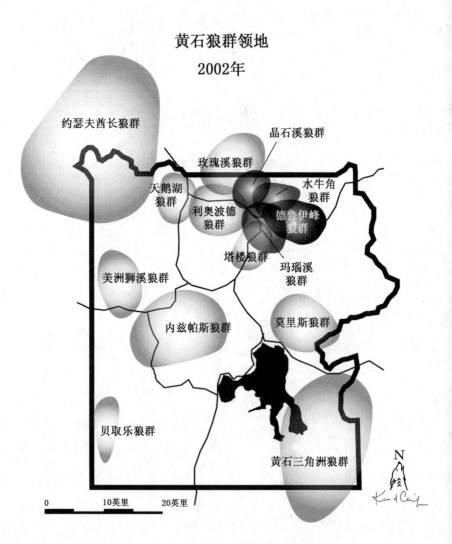

约瑟夫酋长狼群

晶石溪狼群

玫瑰溪狼群

水牛角狼群

天鹅湖狼群

利奥波德狼群

德鲁伊峰狼群

塔楼狼群

玛瑙溪狼群

美洲狮溪狼群

内兹帕斯狼群

莫里斯狼群

贝取乐狼群

黄石三角洲狼群

N

0   10英里   20英里

狼群成员

在一个自然年中，狼群的规模有增有减。这些图表显示了任意一年的主要狼群成员。M＝公狼，F＝母狼。星号（＊）表示被认为已经有自己巢穴的母狼。从其他狼群加入的狼，第一次出现时，在括号内标出原狼群。正方形表示成年狼和一岁狼。圆圈表示幼崽。

2002 年，几匹年轻的德鲁伊峰母狼永久性地加入了新的狼群。其他的德鲁伊峰母狼暂时加入了这些狼群，然后又回了家。

德鲁伊峰狼群

原本是德鲁伊峰狼群成员的 U 黑曾短暂地加入玛瑙溪狼群，在那里它怀孕了。后来它回到了德鲁伊峰狼群，在拉玛尔谷生下了它的幼崽。

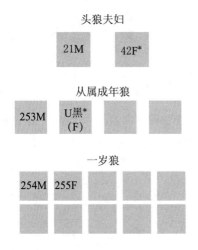

头狼夫妇

21M　42F*

从属成年狼

253M　U黑*(F)

一岁狼

254M　255F

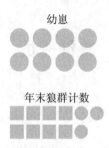

水牛角狼群，建立于 2002 年

218 号在玛瑙溪狼群和晶石溪狼群都待过一段时间，最后在水牛角狼群安顿了下来。

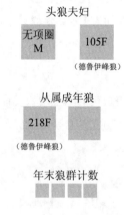

玛瑙溪狼群，建立于 2002 年

251 号经常待在它的母群德鲁伊峰狼群。有两匹玛瑙溪狼群的母狼生了小狼，其中一匹是 103 号，另一匹是 251 号或未戴项圈的母头狼。

头狼夫妇

（约瑟夫酉长狼）（德鲁伊峰狼？）

从属成年狼

（德鲁伊峰狼）（德鲁伊峰狼）

幼崽

年末狼群计数

晶石溪狼群，建立于 2002 年

头狼夫妇

（新灰？）　　　（德鲁伊峰狼）

从属成年狼

幼崽

年末狼群计数

斯鲁溪狼群，建立于 2002 年 12 月底

217 号在玛瑙溪狼群和晶石溪狼群中各待了一段时间，还曾短暂地回到德鲁伊峰狼群，最后在年底定居下来，开始建立了这个狼群。

独行公狼

第九章　新的狼群

2001 年底，随着繁殖季节临近，我们开始看到其他狼群的公狼进入德鲁伊峰狼的领地，寻求母狼配对。在圣诞节的前一天，我在拉玛尔谷发现了一匹大灰领狼，它是 113 号，来自西边 40 英里外的约瑟夫酋长狼群。1998 年 8 月，当它还是一岁狼的时候，我曾观察过它的家庭一个月。现在它和一匹黑色的德鲁伊峰母狼在一起。当 21 号和其他十七匹德鲁伊峰狼进入该地区并发出嗥叫声时，113 号谨慎地溜走了。

当它再次进入我的视线时，它与一匹有着深灰色毛发的公狼相遇了。从深灰色狼的顺从行为来看，它很可能是大灰的弟弟。黑色的德鲁伊峰母狼向两匹公狼摇晃着尾巴走去。21 号注意到了，并向同一方向走去。两匹公狼跑开了。我把我的望远镜放回到 21 号身上，看到它的毛发竖了起来，使它看起来非常有威慑力。

约瑟夫酋长大灰公狼 113 号，很快又和黑色的德鲁伊峰母狼在一起了。母狼摇着尾巴，嗅着它的皮毛，做着跳跃的假动作，向它做游戏邀请鞠躬。之后，母狼跳到了它背上。这匹年轻母狼的行为就像多年前 42 号第一次见到 21 号时一样。另一匹黑色母狼跑到大灰狼身边，也同样表示欢迎。在还没有进一步的进展时，253 号，那匹在与内兹帕斯狼群的对抗中受伤的德鲁伊峰公狼来到了现场。113 号跑开了，但两姐妹跟着它，当它停下来时，它们继续和它调情。很快，又有两匹黑色母狼加入了这个群体，它们似乎对这匹新公狼同样感兴趣。21 号和 253 号向灰色公狼走过去，并竖起了它们颈背部的毛。这匹新来的公狼跑开了，但四匹母狼中的一匹很快就加入了它，继续和它调情。

到这个时候，21 号放弃了控制它的一岁狼女儿们的努力。它回到 42 号身边，在它身边趴下。那些德鲁伊峰狼群的母狼换算成人类年龄，大约是十七岁。21 号有很多这般大的女儿，也许有十个之多。它就像迪士尼动画电影中的国王，有十个美丽的女儿，试图应付从远方涌入王国的追求者。

2002 年的第一天，我看到约瑟夫酋长狼群的公狼 113 号和它的深灰色兄弟与两匹黑色德鲁伊峰母狼在一起。113 号显然是这个群体的头狼。它做了一个抬腿撒尿的动作，那匹深灰色的公狼也做了一个，这表明它可能已经不是一岁狼了。其中一匹黑色母狼也做了蹲腿撒尿的动作，这表明它是这群狼的母头狼。我们偶尔会看到第三匹黑母狼和原来的四匹狼在一起。过了一段时间狼群成员才稳定下来，但所有的母狼似乎都是德鲁伊峰狼。我们最终把这个狼群称为玛瑙溪狼群，它们的领地包括标本岭西端和塔楼路口附近的地区。

其他狼群多年来一直试图在那里建立领地，但它们都失败了，因为附近有较大的成熟的狼群，这些狼群对待新组成的群体极具攻击性。113 号有一种像 42 号一样的领导风格，这意味着它能熟练地让它狼群中的成年狼同心协力。它从来没有因为群里有其他公狼而受到威胁，包括那些看起来与它无关的公狼，而且它对它们都很好。反过来，它们也尊重它的头狼地位，帮助它与邻近的狼群抗衡。在未来的许多年里，玛瑙溪狼群将成为一个重要的狼群，这主要归功于 113 号的社交能力。

我在 1998 年观察了 113 号的原生家庭约瑟夫酋长狼群，包括一对头狼，四匹灰色一岁公狼和七只幼崽。其中一匹公狼与幼崽的互动特别多。在我的现场记录中，我称它为爱玩的一岁狼，并认为它有成为公头狼的条件。当我研究 113 号是如何组成和领导玛瑙溪狼群的时候，我认为它可能就是那匹一岁狼。当它后来有了幼崽，我看到 113 号对它们的行为就像那匹一岁狼与约瑟夫酋长幼崽的互动一样。这些相似的行为使我认为它们很可能是同一匹狼。

与此同时，德鲁伊峰母狼 106 号也在独自行动。几天后，我在拉玛尔谷以西的地狱咆哮溪区域看到它和四匹灰狼在一起。它的狼群后来被称为晶石溪狼群。

有一段时间，德鲁伊峰一岁母狼 217 号和 218 号在玛瑙溪狼群和晶石溪狼群轮流活动。218 号最终和它的姐姐 105 号一起安顿了下来，那年春天 105 号和一匹不知名的公头狼建立了水牛角狼群。217 号最终回到了德鲁伊峰狼群，但后来又建立了自己的狼群。在新组成的狼群中，这种流动性被证明是常见的。年轻的狼和兄弟姐妹一起离开家庭，可能会在一个新的狼群中待上一段时间，然后尝试与其他新组成的狼群中的亲属交往。也许到最后，主要的问题是找到一个与它们相处融洽的狼群。这就像一个年轻的吉他手试图找到合适的团体来组建一个乐队。

1 月份，德鲁伊峰狼大群中狼的数量往往是十二到十四匹。头狼夫妇和 253 号总是在这个群体中，还有很多幼崽。这意味着大部分的一岁狼已经离群。1 月 27 日，我看到 42 号在那个季节第一次把尾巴摆开朝向 21 号。21 号亲昵地舔着它的脸。它们在这个月的最后一天交配了。有一天，我看到这群狼趴着，并注意到它们附近隆起一大块。它抬起头来，我才意识到那是 21 号。它是如此之大，我把它误认为是一头野牛了。

玛瑙溪狼群逐渐获得了更多成员。103 号现在已经是中年了，离开了德鲁伊峰狼群，加入了它担任玛瑙溪母头狼的妹妹，并和 113 号交配了。214 号和 215 号是来自内兹帕斯狼群的两兄弟，去年 10 月在拉玛尔谷与德鲁伊峰狼群发生过冲突，也来这个地区寻找德鲁伊峰母狼。它们在新组成的玛瑙溪狼群中发现了一些对象，113

号也允许它们加入这个群体。2月9日，我看到214号与一匹没有项圈的黑色母狼交配，它臀部两边的黑毛有类似括号的灰毛。214号交配后，它和它的兄弟走散了。

2月中旬一个清晨，我开车经过拉玛尔谷时，看到公路上有两只灰色的德鲁伊峰幼崽向我走来。我倒车想避开它们，但它们追着我的车跑。我停车，下车，大叫，拍手，希望这样能把它们吓跑，但一只幼崽继续朝我走来。我做了一个雪球，朝那只幼崽扔了过去。它走过去闻了闻。这让我觉得游客最近向那些幼崽扔食物了。如果是这样，这将是一个糟糕的影响。一些狼观察者在我的车附近停了车，我让他们鸣笛。最后，幼崽们离开公路，走了出去。

布莱恩·陈是拉玛尔谷区域的执法管理员，我向他报告了这件事。他告诉我，一个月前，他也遇到过类似的事件，路上有一只黑色的德鲁伊峰幼崽。他向那只狼崽发射了两颗弹弓弹丸，每次它们都会走过去闻一闻弹丸。这也是人们向幼崽投喂食物的迹象。我给道格·史密斯打了电话，告诉了他幼崽的行为。布莱恩和其他管理员准备使用更直接的方法，如向幼崽发射拉炮，让它们对公路、人和车辆更加警觉。

情人节那天，214号和它的另一个兄弟252号回到了玛瑙溪狼群附近。内兹帕斯狼在嗥叫，玛瑙溪狼嗥叫着回应。德鲁伊峰狼在西边，它们也在嗥叫。我回头看了看玛瑙溪狼群，看到其中一匹母狼，也就是最近被戴上项圈的251号，正在向252号靠近，它和狼群中的其他母狼一样，出生在德鲁伊峰狼群。相遇片刻后，它们就进行了交配。然后情况变复杂了。21号带领德鲁伊峰狼走向那些狼。对于内兹帕斯公狼来说，这不是一个与21号的女儿进行交配的好时机。这一对分手了，252号向它的兄弟飞奔而去。摆脱了交配的母狼重新加入了玛瑙溪狼群，它们跑上了亡幼丘。21号和其他十二匹德鲁伊峰狼很快就到了山脚下。六匹玛瑙溪狼俯视着它们。它们的公头狼 113 号，做了一件明智的事，带领它的狼群向南部跑去。当它们跑过一个山脊时，我看不到它们了。那是我们唯一一次看到 251 号和 252 号在一起，所以它们的关系是短暂的。

同时，另一匹内兹帕斯公狼 215 号，之前曾和玛瑙溪狼群在一起待过一段时间，现在和 105 号的水牛角狼群混在一起，它在那里与一匹灰色母狼交配了，这匹母狼很可能是另一匹前德鲁伊峰狼。这意味着，在 10 月下旬与内兹帕斯狼对抗后，敌对狼群中已经有三匹公狼与 21 号的女儿们交配了。在后来的日子里，我看到这种模式重复了很多次。两个狼群会发生冲突和争斗。这些狼群的年轻公狼和母狼后来常常在一起组成新的狼群。这是狼版本的、过去我们叫大学联谊会的东西，来自不同学校的学生会相遇并配对。

我试图每天监视 253 号，看看它是如何融入德鲁伊峰狼群等级的。有一天，当头狼夫妇离开拉玛尔谷时，我看到它带领着一个六匹小狼的群体。看起来它现在是狼群中的公次狼。它受伤的后腿仍然一瘸一拐，但这似乎并没有给它带来明显的妨碍。

3 月初，我们关注的两只灰色德鲁伊峰幼崽出现在搭车岗停车场，其中一只离公园游客只有 15 英尺远，这表明幼崽对人没有恐惧感。我按了响了喇叭。这只幼崽挪开了一小段距离，但似乎并不太在意。这对幼崽走在公路上，从停在路边的汽车旁经过，距离仅几英尺。它们回到了停车场，其中一只幼崽嗅着一个垃圾桶。

我给布莱恩打电话。他来的时候，幼崽们还在停车场。我给他做了一个简短的报告，然后我们一起跑向幼崽并大喊大叫。然后布莱恩向空中发射了几枚拉炮。巨大的爆炸声吓坏了幼崽们，它们都跑开了。一只跑回了巢穴，另一只向南跑去，方向相反。后来，那只幼崽试图接近公路，返回巢穴区，但一看到有人在公路上向它走来，它就转身跑了。这似乎表明，拉炮已经让它学会了对人类警惕。

在交配季节的所有兴奋过去之后，我想起了 2 月份 21 号和它的幼崽的事情。21 号试图把它的家人带到拉玛尔谷的东部，但没有谁跟着它。它回到它们身边，再次试图向东引路，但小狼们在一起玩耍，没有理会它们的父亲。21 号再次转身，回到它们身边。一只灰色的幼崽跑了过来，向它做了个游戏邀请鞠躬，然后在 21 号面前上蹿下跳。现在，这匹大公狼有了玩耍的心情，它模仿着小幼崽的样子，也上蹿下跳。

其他大多数狼都在一块大石头周围互相追逐。21 号跑过去，绕着石头追赶一只幼崽。42 号这时也在和幼崽们玩耍。两只幼崽跑向21 号，每只都跳上了它的背。然后一群幼崽绕着巨石追赶它。21 号停下来，转向那些幼崽，并在它们面前来回跑动。一只幼崽跳到它身上，它们扭打了起来。21 号让那只幼崽以为自己和它势均力敌。之后，21 号从一群玩耍的狼身边跑过，好像想让它们追赶它。42 号和三只幼崽顺从了，追着它跑。

当它们歇下来时，21 号再次试图带领狼群向东走去，这一次它们跟上了。它把它们带向一个大马鹿群。马鹿聚集在一起，然后向北跑去。狼群在它们后面冲刺，年轻的狼们跑过了头狼。一头母马鹿离开马鹿群，立刻就有一匹灰狼和一匹黑狼盯上了它。它们很容易就追上了母马鹿，一匹狼咬住了它的后腿。第三匹狼跑过来，咬住了它的喉咙。三匹年轻的德鲁伊峰狼把它拉倒。又过了几秒钟，母马鹿就死了。42 号这时才加入那些狼的行列，但已经没什么可做的了。

21 号曾多次试图让狼群跟着它往东走，但它们没有理会它。它又回去，和年轻的狼们玩耍，终于让它们跟着它到了马鹿群所在的地方。难道它之前就发现了那些马鹿，所以想带其他狼去寻找它们？当其他狼终于看到马鹿时，21 号又让年轻的狼带头追赶并发动了致命的攻击。它除了把狼群引到可以看到马鹿的地方之外，什么也不做，剩下的就交给它们。这是一个成功的训练日。

当我思考交配季节的所有进展时，我意识到三匹中年德鲁伊峰母狼——103 号、105 号和 106 号——现在都已经建立了新的狼群：玛瑙溪、水牛角和晶石溪。这三个狼群中的每一匹母头狼都是德鲁伊峰母狼，其中一些狼群中还有年轻的德鲁伊峰母狼。21 号的大家庭正在向外扩散，并支配着黄石国家公园很大的一部分。

第十章　地狱咆哮溪之战

　　3月13日晚上，我看到晶石溪狼群进入了地狱咆哮溪区域：公头狼 106 号和其他四匹成年狼。三匹德鲁伊峰狼在山坡下嗥叫：头狼和一只黑色幼崽。我看了看晶石溪狼群，看到它们跑到一起集结，并集体嗥叫以回应德鲁伊峰狼。德鲁伊峰狼朝它们的方向看去。21 号经常带领它的狼群进入这一地区，一定认为这属于德鲁伊峰狼的领地，但新组成的晶石溪狼群现在正声称这是它们的地盘。

　　晶石溪狼群下山朝德鲁伊峰狼群跑去。21 号立即冲上山迎向它们，尽管两边的数量是六比三。晶石溪狼群中的公头狼也一马当先。21 号加速冲进六匹敌对狼群的中心，就像它前一年对内兹帕斯狼群所做的那样。被它的果断吓到，晶石溪狼群一哄而散。21 号追赶着一匹黑狼，然后是灰色公头狼。这时，42 号也过来一起追赶。一匹大黑公狼跑过来，向 42 号扑去。它灵活地躲开了它的攻击，然后把那匹黑狼赶走了。21 号跑过去帮它。

　　那匹黑狼逃走后，21 号看到了晶石溪狼群的公头狼。它扑倒了它，然后看它在地上扭动时反复咬它。其他狼跑了过来，全都扭打在了一起。我看到那匹大灰狼现在站了起来，攻击 21 号。它按倒了21 号，并咬了它。但 21 号跳了起来，进行了反击。这时，那匹黑公狼跑过来，和大灰狼联手对付 21 号。它们追着 21 号，灰狼咬了它的屁股。21 号停了下来，转身与这两匹公狼对峙。晶石溪公头狼现在害怕了，跑开了。21 号跟了过去，追上了它，并咬了它的背。

　　晶石溪公头狼再次跑开，21 号追赶着它，然后放走了那匹大灰狼，跑到 42 号身边查看它的情况。我看到晶石溪公头狼也同样和它的母头狼在一起。21 号还没完。它赶走了那匹黑公狼，又去追晶石溪头狼夫妇。它们都从 21 号身边逃离了。

从军事角度看，21 号完全掌控了这场战斗。它追一匹狼，然后再追一匹，没有一匹敌狼能抵挡得了它。42 号与它在一起，而晶石溪狼则分散开来。然后所有的狼都离开了我的视线。当它们再次出现时，21 号和 42 号被六匹晶石溪成年狼包围了。鉴于狼的数量悬殊，我预计这六匹狼会联合起来，攻击头狼夫妇。但在晶石溪狼采取行动之前，21 号再次取得掌控权，冲向一匹灰狼。灰狼跑开了，其他五匹晶石溪狼犹豫不决。很快，21 号在 42 号的陪伴下把全部六匹狼赶跑了。

疲惫不堪的六匹晶石溪狼停了下来。21 号和 42 号追了上来，有那么一瞬间，106 号站在了德鲁伊峰头狼的身边。三匹曾经的群友似乎休战了，并将和平扩大到了其他晶石溪狼，很快它们六匹狼都退到了上坡处。我想战斗该结束了。

这时，我注意到晶石溪狼群中出现了第七匹狼，一匹年轻的黑狼。它是德鲁伊峰狼的幼崽，它不明白情况的严重性，可能认为这是一场游戏。这只幼崽跑向 106 号，大概跟它很熟，它们友好地重逢了。但其他四匹晶石溪狼攻击了幼崽。它逃走了，下山跑向 21 号。灰色的大公狼带头追赶。当它跑到 21 号那儿时，它发起了攻击，它们打了起来。其他晶石溪狼跑了过来。为了保护它的幼崽，21 号带着它跑下山，朝一群德鲁伊峰狼跑去。它们就在这个地区，但到目前为止还没有参与这场战斗。敌对狼群飞快地追赶着 21 号和幼崽。

21 号跑到树林间，晶石溪狼在那里追上了它。六匹狼都在攻击它，由于它们都在咬 21 号，这使得幼崽得以逃脱。情况对 21 号来说十分危急。然而晶石溪狼突然转身跑开了。我回头一看，发现 42

号、253 号和其他德鲁伊峰狼已经看到了 21 号的情况，并且都在跑过来救它。它们追着晶石溪狼上了山。

敌狼被征服了，德鲁伊峰狼们停了下来，聚在一起嗥叫。我数了一下，这一群有十三匹狼，全部高举着它们的尾巴。106 号转身看了看山下它从前的狼群，然后继续追着其他的晶石溪狼跑上了山。德鲁伊峰狼们在一只灰色幼崽的带领下再次追赶了一会儿。但它们很快停了下来，而 106 号继续带领它的队伍向西撤退。

我仔细看了看德鲁伊峰狼的队伍，发现 21 号不在其中。难道是六匹晶石溪狼合力对付它时，把它杀了？德鲁伊峰狼们跑回山下，朝着最后看到 21 号的地方跑去。我在一些树的遮挡下跟丢了它们。我疯狂地扫描那片区域，最终发现 42 号平静地趴在那里，看起来好像没有发生过什么大事。站在它身边的正是 21 号。它的左臀鲜血淋漓，但除此之外，它看起来还好。21 号和 42 号嗥叫着，狼群的其他狼也嗥叫着回应。42 号站了起来，它和 21 号走到其他狼身边，进行了隆重的问候。

当我在描写这一事件的细节时，我想了很多，42 号、253 号和其他德鲁伊峰狼为何愿意冒着生命危险去营救 21 号。过去，它曾多次将自己置于危险的境地，保护它们不受竞争对手的伤害。在这场战斗中，它们做出了同样的选择，不顾自己所处的危险。在我看来，21 号的行为准则中的头号指令可以一言以蔽之：保护家人，不惜一切代价。这就是 253 号和其他的年轻狼看到 21 号为它们所做的，这也是它们所理解的看到家人受攻击时需要做的事情。那天我对 253 号的印象特别深刻。它有残疾，本来有理由安全地待在一旁，毕竟它的腿受伤了，但它还是直接参与了救援行动。

当我进一步思考这一事件时，我想起了鲁德亚德·吉卜林在《丛林之书二集》中写的一首诗。这首诗名为《狼的法则》，列出了狼群成员的特别行为。最耐人寻味的一句是："狼群的力量就是狼，而狼的力量就是狼群。"

这个深刻的句子完美描述了那天所发生的事情。德鲁伊峰狼群中最强壮的狼和最好的战士是 21 号。多年来，德鲁伊峰狼群曾多次依靠它的力量来保护家人不受敌对狼群的伤害。但在这个时刻，21号需要狼群联合的力量来拯救它的生命。受到德鲁伊峰狼群那天所做事情的启发，我想到了另一个表述狼群法则的句子："狼照顾狼群，狼群也照顾狼。"

第二天，德鲁伊峰狼们留在了地狱咆哮溪区域，次日，头狼夫妇就回到了拉玛尔谷，其他德鲁伊峰狼则留在了地狱咆哮溪区域。有一天，我看着 253 号和这群狼一起出行。它把重心放在受伤的后腿上，当它奔跑时，不是像通常那样交替使用两条后腿，而是把两条后腿同时放下。我猜想，如果没有另一条好腿支撑，那条坏腿落地就太痛苦了，所以它创造了这样一种独特的奔跑方式，以便在狼群追逐猎物时，可以跟上大家的步伐。

一天早上，253 号和其他十四年轻的德鲁伊峰狼在追赶一头母马鹿。三匹领先的狼先追上了它，把它拉倒，那是上午九点三十二分。253 号和其余的狼跑过去帮助解决它，不过附近的野牛群向它们冲了过来，德鲁伊峰狼不得不退了回去。野牛们围住了母马鹿，不是在保护它，而是在嗅闻它身上的血腥味。一些狼溜到野牛中间，攻击母马鹿，但野牛走得更近了，狼群不得不退缩。几头野牛继续嗅着流血的马鹿。

母马鹿站了起来，但马上又摔倒了。它第二次站了起来，想逃开，但又倒下。我看到它用后腿站了起来，但似乎无法控制前腿。一头野牛走过来，用屁股撞它的屁股，把它撞倒了。现在，围着母马鹿的野牛太多了，我看不到它。全部十一匹狼——4 匹一岁狼和 7只幼崽——都趴在地上，等待野牛离开。

戴夫·梅赫和我在一起，我们看着这头母马鹿因失血过多而慢慢衰弱。一只喜鹊落在它身上，它没有任何反应。当我检查附近的狼群时，戴夫观察着马鹿。上午十一点三十五分，他说马鹿死了。乌鸦降落在它身上啄食。当狼群试图接近尸体时，野牛赶走了它们，甚至赶走了乌鸦。它们似乎是在充当死去马鹿的保护者，但实际上是把狼群从它们自己的牛群中赶走。下午一点十三分，狼群终于设法站稳了脚跟，尽管几头野牛还在试图将它们从尸体旁赶走。距离狼群把母马鹿拉倒近四个小时后，它们终于来到尸体旁啃食。

第二天，3 月 21 日，我看到 21 号和 42 号向德鲁伊峰狼群的传统巢穴小跑过去。21 号一度远远超过了 42 号，42 号因为怀孕晚期而速度减慢。21 号停下来，趴下，等待着它。当 42 号超过它时，21 号起身跟着它。进入巢穴附近的树林时，我跟丢了它们。我想到了所有那些 21 号跟随 42 号的时刻。当 21 号想去一个特定的方向时，德鲁伊峰狼们常常不理会它；但当 42 号带头时，它们会跟着它，21 号也会加入它身后的队伍。这个明显的例子说明 42 号是这个群体的领导者，而不是 21 号。我想 21 号明白这一点，并对它的领导地位没有异议。用《权力的游戏》的语言来说，21 号自愿向 42 号"屈膝"。

253 号和其他十四匹小狼在地狱咆哮溪区域又待了几天，在猎杀马鹿方面取得了很大的成功。来自晶石溪狼的信号表明它们就在附近，但它们从未打扰过 253 号的队伍。在被德鲁伊峰狼打败后，它们显然不想和这些狼再打斗一次了。从远处看，253 号看起来很像 21 号，而且正在迅速长大，更令人印象深刻。也许晶石溪狼把它误认为是它的父亲了。

后来的遗传学研究表明，晶石溪的公头狼是新灰，也就是 21 号在 2000 年 8 月允许加入德鲁伊峰狼群的那匹小狼。新灰在 2001 年初与 106 号交配，并在当年春天生下幼崽。21 号在那一年年底赶走了新灰。2002 年初，106 号与其他四匹灰狼组成了晶石溪狼群。其中有两匹灰狼是它的后代，很可能是 106 号还在德鲁伊峰狼群时，它和新灰的后代。新灰似乎是和 106 号一起组建狼群的，也是 21 号在地狱咆哮溪之战中对付过的公头狼。我们怀疑 21 号最初让新灰进入它的狼群，是因为这两匹狼有亲缘关系，后来的基因研究确实证明新灰与 21 号的妹妹、玫瑰溪母狼 18 号有亲缘关系。

第十一章 巢穴和幼崽

4月1日，我收到了42号的信号，来自黄石国家公园东边的山脊。那是它在1998年和1999年筑巢的地方，当时40号是母头狼并占据了狼群的主巢穴。山脊上有森林，我们看不到它。该地区没有其他德鲁伊峰狼的信号。有一阵子，它的信号变弱了，然后又变强了，所以我们认为它进出了老巢。后来我在那个位置又收到了21号的信号。到了4月5日，42号继续出现在该地区，表明它选择了在那里筑巢。21号是唯一一匹经常去那里看它的德鲁伊峰狼，因为253号和其他十匹狼仍然在地狱咆哮溪区域。

我在1月的最后一天看到21号和42号交配了两次，所以它的预产期大约是4月4日。由于42号是狼群中唯一与21号没有血缘关系的成年母狼，所以它是21号唯一的交配对象。只有一窝孩子，让21号作为公头狼的生活比前两年要轻松得多。在42号预产期四天后，我看到21号在巢穴上方的悬崖上趴着，看着这片地方。后来它下到了42号巢穴所在的森林里。我看到42号在傍晚时分从树林间走了出来，它看起来很瘦。这意味着它一定生完了幼崽。21号陪伴着它，两匹狼出去散步。不久之后，其他德鲁伊峰的成年狼和前一年的幼崽（现在是一岁狼）也来到这里，看望42号。4月中旬，我收到了42号和其他德鲁伊峰狼在脚桥停车场北边的森林里发出的信号，那里是狼群的传统巢穴。我想知道42号是否考虑将它的幼崽转移到那里。

在这个月的最后一天，一位郊狼研究者在拉玛尔谷的南边看到了一匹没有项圈的黑狼，并注意到它正在哺乳。在它进入德鲁伊峰狼巢穴森林后，他看不到它了。这引起了很多猜测。德鲁伊峰狼群中所有年轻的成年母狼都是21号的女儿，它没有任何兴趣与它们交配，这是近亲狼群的规则。我们也见过没有项圈的黑色德鲁伊峰母狼，它们暂时身处新形成的狼群中，或者与孤独的公狼在一起，有些被发现正在交配。那匹母狼一定是其中之一。

到5月1日，看起来42号已经把它的幼崽转移到了主巢穴。那天有十三匹德鲁伊峰狼离开了森林，向西走去。队伍中的一匹黑色成年狼腹下的毛发不见了，这是它正在哺乳的标志。它看起来像匹两岁狼，嘴上有很多灰毛。它一定是郊狼研究者告诉我的那匹黑狼。

狼观察者马克和卡罗尔·里克曼于5月28日在德鲁伊峰狼主巢穴首次看到了幼崽。三天后，人们看到了五只幼崽：三黑两灰。当时我在脚桥地段。我把那个地段上的人带到了南边，架起了我的望远镜。我确定了一些幼崽的位置，然后让大家轮流使用望远镜。每个人在看到幼崽时都欣喜若狂。小狼们互相扭打，然后进入了森林。我们觉得这五只狼崽都属于42号母头狼，但还有一个问题，就是我们在德鲁伊峰狼巢穴森林看到的那匹正在哺乳的黑母狼。有些幼崽是它的吗？或者它在其他地方还有一个巢穴？

在我的现场记录中，我称它为灰黑狼，因为它的皮毛上有很多灰色的条纹。我还注意到，它的臀部有括号形状的标记。然后我想起来，我曾见过一匹有这样印记的黑狼与一匹游荡的内兹帕斯公狼交配，即214号。我想起它在交配季节也曾和玛瑙溪公头狼113号在一起。一窝小狗可能有不止一个生父；后来在黄石国家公园的研究证明，狼也是如此。这窝狼崽中，有些可能是214号的，有些可能是113号的。但是它自己的幼崽在哪里呢？

那年夏天，我和我的同事道格·史密斯、丹·格拉夫徒步走到黄石国家公园研究所东边的山脊上，寻找42号在将幼崽转移到主巢穴之前曾使用过的地方。山脊上的巢穴有一棵枯死的树作为标记，所以我们不难找到它。在树根处有两个开口，两个开口都很窄，人或熊都挤不进去。道格将一根测量棒伸进巢穴，发现它向后延伸了16英尺。这里原来可能是一个郊狼窝。

我经常到西边查看新建立的玛瑙溪狼群的情况。我们知道公头狼113号已经让103号受孕了，现在我们收到了来自它在塔楼路口东南方向的信号，朝向玛瑙溪和石英溪，这是两条从标本岭流向黄石河的小溪。我们认为它的巢穴一定在那个区域。这一点后来得到了证实，因为在该地区发现了它和四只幼崽。那天，玛瑙溪母头狼和它在一起。它似乎没有自己的幼崽，可能是去帮助103号。它们很可能是姐妹。

我们经常收到来自玛瑙溪公头狼的信号，在塔楼路口以北、靠近石榴山的地方。最终，我们在那里看到了四只幼崽，它们和一匹没有项圈的黑毛灰嘴成年母狼在一起，似乎是它们的母亲。这意味着玛瑙溪成年狼在那个季节不得不在两个巢穴之间来回奔波。这两个巢穴相距只有5英里，但狼群必须在春天水位高的时候游过黄石河才能从一个巢穴到另一个。

我最终明白了其中的奥秘，在玉髓溪聚集地南侧一个叫麓山的低矮山脊后面，我发现了这匹带括号标记的黑色德鲁伊峰母狼。三只幼崽和它在一起：一只黑色的，两只灰色的。在与214号交配、并与玛瑙溪公头狼相处了一段时间后，它一定是回到了它的狼群——德鲁伊峰狼群，并在那个树林的新巢穴里生下了它的孩子。因此，21号和玛瑙溪公头狼一样，在这个季节有两个巢穴需要照看。

我看到这三只德鲁伊峰狼的幼崽与它们的母亲和另一匹黑色成年狼在玩耍。251号把它的时间分配给了玛瑙溪狼群和德鲁伊峰狼群，那天它也来了。灰色幼崽走到它身边，它们碰了碰鼻子。另两只幼崽也跑了过来，三只都在它身上爬来爬去。第二天它就走了，后来丹在石榴山看到它和四只玛瑙溪幼崽在一起。

当我监视玉髓溪聚集地时，我看到其他德鲁伊峰狼上到中麓山后面的树林，那是三只幼崽的巢穴处。它们轮流去看护那些幼崽，以及 21 号和 42 号在主巢穴的五只幼崽。很快，南边的幼崽就搬到了中麓山前的草地上，探索这个地区，就像前几代德鲁伊峰狼的幼崽一样。

德鲁伊峰狼家族现在有二十三匹狼，包括定期来访的 251 号，还有 217 号，它在与晶石溪狼群和玛瑙溪狼群相处了一段时间后，回到了这个群体。狼群中有八只幼崽，其中五只在主巢穴，三只在玉髓溪聚集地。两个德鲁伊巢穴相距仅几英里，当狼在主巢穴嗥叫时，其他在聚集地的狼也会嗥叫回应。

217 号似乎特别喜欢聚集地的三只幼崽。有一天，它带着它们穿过树林。当它们落后时，它走到一棵树后面，在它们走时俏皮地跳出来。不久后，它在不远处发现了一头灰熊。在把幼崽带回巢穴后，它多次冲向那头熊，在它屁股上咬了好几口。21 号一开始还去那边帮忙，但当它看到 217 号可以独自应对灰熊时，最后趴下了。后来 217 号赶走了一只靠近幼崽的红狐狸。几天后，狼妈妈——有括号标记的那匹黑狼——又把一头接近幼崽的黑熊赶到树上。如果无人看护，灰熊、狐狸和黑熊都有可能杀死幼崽。

两天之后的早上，21 号在玉髓溪聚集地看望了这三只幼崽和它们的母亲。它离开后，玛瑙溪头狼夫妇和另外两匹玛瑙溪狼出现了。我看到它们嗅气味的地方正是一个小时前我们目击 21 号的位置。两匹玛瑙溪头狼都竖起了尾巴。它们会闻到其他德鲁伊峰狼的气味，包括有括号标记的母狼，它在交配季节曾是它们狼群的临时成员。这让我怀疑 113 号，那匹玛瑙溪大公狼，是否在试图找到母狼，看看它的幼崽是不是和它怀的。

玛瑙溪狼群向中麓山移动。狼妈妈和217号，它今年早些时候也曾和玛瑙溪大公狼在一起，在山坡的底部趴着。当它们看到走近的玛瑙溪狼时，便站了起来，像老朋友一样向它们打招呼。狼妈妈俏皮地撞了撞公狼的胸，然后跳到公狼的屁股上。217号向它做了个游戏邀请鞠躬。两匹德鲁伊峰母狼都没有对它的出现表现出任何焦虑，这证明它们很了解它，也很信任它。然后251号摇着尾巴从树林间走了出来。玛瑙溪狼向它走去，另外两匹德鲁伊峰母狼紧随其后。全部七匹狼进行了盛大的欢迎仪式。

我们已经有一阵子没看到三只幼崽了，估计它们在山脚下的树林中。没有项圈的玛瑙溪母头狼进了树林，其他狼也跟了进去。德鲁伊峰狼们似乎仍然漠不关心。我在森林里跟丢了那七匹成年狼。在接下来的三十六分钟里，它们都无影无踪，然后其中六匹重新出现，走到了草地上。所有的狼，包括狼妈妈，看起来都放松又平静，它们应该是遇见了幼崽并进行了友好的互动。不见的狼是德鲁伊峰母狼251号，它可能和幼崽还在一起。

玛瑙溪头狼夫妇做了一些气味标记，然后回到山麓后面。狼妈妈紧随其后，带着两只幼崽回来了。在闻了闻玛瑙溪狼待过的地方后，狼妈妈和幼崽又回到了上方的巢穴。接下来的一个小时，没有狼再回到我的视线中，但我继续收到来自树林里113号和251号的信号。唐·罗伯逊，一个很好的狼观察者，自愿在我做其他事情时看着这个地区。四个小时后我回来了，收到了251号的信号，但没有收到玛瑙溪公狼的信号。我和唐一起待着，他指给我看251号在中麓山斜坡上卧着。早些时候，他看到狼妈妈和两只幼崽在那座小山后面。看来，玛瑙溪狼已经离开了。它们很可能沿着玉髓溪的小路走了。这样它们就能到达标本岭山顶，从那里它们可以向西走到它们的巢穴。

玛瑙溪头狼夫妇对德鲁伊峰狼巢穴的和平访问是一件值得关注

的事件。我们知道玛瑙溪母头狼以前是德鲁伊峰狼群的成员，所以这三只幼崽应该与它有亲戚关系。由于狼妈妈在交配季节一直和玛瑙溪狼在一起，113号可能认为这些幼崽是它的孩子。我记得，当它还是一岁狼的时候，它就喜欢和狼群里的幼崽一起玩，所以这匹大公狼对这些幼崽很可能也是如此。

傍晚时分，21号、42号和其他三匹德鲁伊峰狼从主巢穴来到玉髓溪聚集地，与251号会合。在我们看到玛瑙溪公狼抬腿撒尿的地方，21号做了气味标记。它似乎并不在意闻到另一匹公狼的气味这件事。21号回到42号身边，它们趴下了，其他德鲁伊峰狼也趴下了。唐和我一直待到晚上快十点，看到成年狼进去了树林里，那是三只幼崽所在的地方。

第二天早上五点，我又回到了那个地区。42号和253号的信号来自主巢穴，21号在南边。我上山去看玉髓溪聚集地，看到113号和其他三匹玛瑙溪狼从西边来到这里。一匹黑色的德鲁伊峰母狼和两只幼崽在山麓上。幼崽们向树林里走去，表现得好像一切都很正常。玛瑙溪狼跑到德鲁伊峰母狼身边，向它打了个招呼，然后走进了树林。狼妈妈出现在视线中，并沿着它们的同一路线前进。很快，这四匹玛瑙溪狼又从树林间出来了，狼妈妈和另一匹德鲁伊峰母狼也和它们在一起。它们都在交流。我看到狼妈妈与113号在调情。又有两匹德鲁伊峰母狼跑过来，加入了这个群体。所有八匹狼——四匹玛瑙溪狼和四匹德鲁伊峰母狼——都以友好的方式互动着。

早上六点，我发现21号和三匹一岁公狼从东边走来。两匹德鲁伊峰母狼注意到了21号，并向它走去。随着德鲁伊峰公狼走近，聚集地的群体动静突然发生了变化。我向西看去，看到那匹深灰色的、排名第二的玛瑙溪公狼，向西跑去。当113号发现21号时，它向东北方向跑去。21号带领队伍追了它一阵子，然后转身去追另一匹公狼。更多的德鲁伊峰狼加入了21号的队伍。玛瑙溪头狼改变了方向，向它的同伴狂奔。21号现在以113号为目标，向它逼近，但后来21号停了下来，让它离开了，似乎对另一匹公狼离开感到满意。这匹大公狼与两匹玛瑙溪母狼汇合，继续向西，但不时回头看向21号。

我在早上七点后失去了玛瑙溪狼向西的踪迹。那时德鲁伊峰狼已经平静地在聚集地趴下了。丹·格拉夫向西行驶，后来用无线电告诉我，玛瑙溪狼群在上午八点爬上并越过了标本岭，这将带领它们回到它们的主巢穴。我集中精力观察21号，看到它和一匹一岁公狼在玩耍。它跳到那匹年轻的公狼身上，它们互相使劲地撕咬。后来，21号和其他狼跑到南边的树林去看望幼崽。

第二天，21号又回到了玉髓溪聚集地。我们再次只看到两只幼崽：一黑一灰。曾经有第二只灰崽，但我们有一段时间没有看到它了。这一地区有灰熊、黑熊、山狮和郊狼，可能是它们中的任何一只抓走了失踪的幼崽。我认为不会是一匹玛瑙溪狼伤害它的。主巢穴中的幼崽数量也减少了，从五只减少到四只。

几天后，我看到两只灰色的幼崽和42号以及其他成年狼一起出现在主巢穴南部。两只幼崽的背上都有黑色条纹，这是灰色幼崽随着年龄增长逐渐出现的标记。其中一只幼崽在转圈时试图抓住自己的尾巴。这些狼向西朝河边走去，我看不到它们了。其他观察者告诉我，它们看到42号在接近水边时叼起了一根棍子。我很快就在河的另一边发现了42号，并注意到它仍然带着那根棍子，一只灰色的幼崽和一只黑色的幼崽跟着它。它一定是用棍子来引诱它们和它一起游过河。另一只灰色的幼崽还在河的东边。

傍晚时分，我们在聚集地看到了42号的两只幼崽。在不远处还有两只更小的幼崽：一黑一灰。这两只幼崽的体形以及灰色的幼崽背上没有条纹，说明这两只幼崽比42号的幼崽更小。我们听说42号的第三只幼崽已经穿过马路，回到了主巢穴。道格飞了过来，确认现在有两只幼崽在主巢穴，四只幼崽在聚集地。在他的下一次追踪飞行中，道格俯视着聚集地，看到幼崽们在中麓山北边的洞穴中进进出出，这些洞穴一定是原来的郊狼挖的。

7月4日，全部六只幼崽都在聚集地，那天晚上我第一次看到这两窝幼崽在一起。四只大一些的幼崽比两只小的大得多。一只大灰崽在追赶一只小灰崽，小灰崽把尾巴夹在两腿间。它跑到附近的一岁狼身边，站在它的胸下。那匹一岁狼把一只爪子放在幼崽的肩膀上，看起来像在安慰或保护它。后来，两只大幼崽站在这只小幼崽身上，它对它们发出了防御性的叫声。当那只幼崽跑开时，一只大幼崽追赶它。但年轻的母亲走了过来，挡在了它的幼崽和大幼崽之间。

后来发现两只较小的幼崽都是母狼。黑狼比它的灰妹妹更具攻击性，我看到它在追赶一只大幼崽。小灰崽逐渐学会了融入集体，我很快就看到它在聚集地周围追赶大幼崽。有一次，它同时和两只较大的幼崽扭打在一起。它们合力把小的那只拉倒了，但它马上跳了起来，继续比赛。后来它追着其中一只，抓住它的一条后腿，把它摔倒在地。此后，两只小幼崽合伙骚扰大幼崽们。有一次，当一只大幼崽和一只小幼崽面对面争执时，另一只小幼崽偷偷跑过来，咬住了大幼崽的屁股。

一匹黑狼来到聚集地，向幼崽们反刍了六次。那是一个创纪录的反刍次数。随后，42号和217号到达，都反刍了三次。后来21号也来了，但幼崽们已被塞得饱饱的，懒得去找它要食物。一匹一直在看护幼崽的年轻母黑狼在附近，所以21号反刍给了它，奖励它承担起了看护责任。

253号和它的父亲一样喜欢和幼崽玩耍。一天晚上，幼崽们跑向它们趴着的哥哥。它追赶它们，用嘴比画撕咬，后来当幼崽们站在它身上时，它躺下打滚并在空中挥舞着爪子。

7 月 24 日，我驱车前往羚羊河地区。从那里我可以很好地看到标本岭南侧。我在玛瑙溪巢穴附近发现了六匹德鲁伊峰狼，包括 21 号和 42 号。玛瑙溪的公头狼 113 号正在远处仔细观察它们。它和其他玛瑙溪狼在夏天早些时候曾访问过德鲁伊峰狼的巢穴。现在 21 号和德鲁伊峰狼正在回报它们，查看前德鲁伊峰狼 103 号生下幼崽的巢穴。

第二天早上，我发现 21 号和德鲁伊峰狼们回到了拉玛尔谷。它们去了聚集地，然后走到中麓山后面寻找幼崽。它们一定是被它们的母亲挪走了，因为成年狼们很快又出现了，然后走到了玉髓溪的树林里。我看不到它们了。狼群在排水沟有一条路线，可以让它们走到标本岭山顶，它们的幼崽可能藏在那里。

在接下来的一个月里，狼群在它们的两个聚集地交替出现，上面的在欧泊溪，下面的在玉髓溪，它们在寻找可狩猎的马鹿，并在它们的领地上巡逻。

"狼项目"办公室的德布·格恩西于 8 月 6 日进行了飞行，在欧泊溪聚集地收到了 21 号和 42 号的信号。两天后，头狼夫妇和其他十二匹成年狼回到了玉髓溪。三只幼崽和它们在一起，都是母狼：两只灰色，一只黑色。这就是活下来的幼崽数量。

第十二章　狼和乌鸦

　　8月23日，"狼项目"的飞行人员发现十六匹德鲁伊峰狼又回到了欧泊溪聚集地：十三匹成年狼和三只幼崽。我曾经徒步前往该地区，并从远处观察过德鲁伊峰狼，我能想象21号和42号应该在山丘草地上卧着。在那个斜坡上，它们可以看到在附近玩耍的幼崽。飞行途中，道格·史密斯收到了德鲁伊峰公狼254号的死亡信号，来自拉玛尔河上游，但茂密的树林使得他看不到地面上有什么。道格和其他工作人员徒步进入树林，在悬崖底部的巨石中发现了那匹狼的遗体。他们的结论是：它是摔死的。后来我看到过狼在悬崖顶上与马鹿对峙。254号可能也是这么做的，结果因为太靠近悬崖边而滑了下去，也可能是被马鹿踢到而摔了下去。

　　第二天，三只德鲁伊峰幼崽回到了玉髓溪聚集地。42号与其中一只摔跤，并与另一只玩拔河。它现在已经七岁多了，按人类的年龄计算大约六十岁，但它仍然有一颗嬉戏的心。后来它跑到21号身边，亲昵地舔着它的脸。这两匹狼已经在一起生活了近五年，差不多是黄石国家公园狼平均寿命的全部长度了。

　　21号和42号一样，也越来越老了。尽管它的年龄在增长，但它常常表现得年轻很多。有一天，它抓起一只田鼠，向空中抛了好几次。在最后一次抛出后，它用鼻子碰了碰那只小小的啮齿动物，然后立即把头扭开。田鼠一定是咬了它。之后，它把田鼠叼起来，带着它到处跑，然后放下田鼠，玩闹着用爪子拍打它。这时，那只黑色幼崽走了过来，希望能从它父亲那里得到这件玩具。为了延长游戏时间，21号抓起田鼠，把它带走，趴下来继续玩。幼崽和父亲待在一起，然后在距离田鼠和21号的脸几英寸远的地方趴下。好几匹狼过来了，21号此时犯了个错误，扭头去看它们。幼崽等的就是这个时候，它飞快地跑过来，抓住田鼠，小跑着走开，把它扔到空中，然后把它吃掉了。之后，21号和那只大的灰色雌性幼崽一起玩耍。它们扭打在一起，21号让人觉得它们看上去势均力敌。幼崽抓它，咬它脸上的毛。当它跑开时，那匹大头狼就在后面追它。它们继续摔跤和撕咬，后来21号和它玩起了伏击游戏。

到了8月下旬，越来越难找到德鲁伊峰狼了。虽然它们偶尔会出现在玉髓溪聚集地，但大部分时间都在标本岭上，处在我们的视线之外。

9月初，"狼项目"的工作人员埃琳娜·韦斯特和我在拉玛尔河向上徒步。前一年6月，我们看到德鲁伊峰狼在那里探索了一个使用中的海狸小屋。春季异常高的水位已经摧毁了小屋大部分的结构。海狸一家对小屋的位置选择不当，所以放弃了这个地方。没有任何迹象表明海狸还在该地区活动。

在回去的路上，我注意到苏达布特溪岸边和附近的柳树长势很好，那里有一个新的海狸居住地，也许就是由之前住在上游的那一家搭建的。海狸依靠住处周边的柳树作为它们的主要食物供应，而柳树的数量多年来被马鹿大量啃食后正在反弹。在卵石溪露营地附近的一片草地上，柳树长得特别宽，也特别高，最高可达15英尺。

我经常徒步走到水晶溪，当初狼的适应性围栏建造的地方。在1995年狼被再引入之后的几个夏天，我都在那里带自然徒步的队伍，向人们展示马鹿是如何过度啃咬而害死数以千计的杨树根的。现在，这一地区的年轻杨树有20英尺高，像竹林一样茂密。那个月，我与一位植被研究人员交谈，他在当地有113块研究地。他发现，与没有狼的地块相比，狼经常出没的地区，杨树的嫩芽平均要高出 12 厘米。他解释说，这意味着狼经常出没的地区，马鹿没有太多时间来啃咬杨树嫩芽。

更重要的是，公园里的马鹿少了。1872 年，划出黄石国家公园的范围时，狼和山狮是马鹿的主要捕食者。早期牧民在 1926 年杀死了最后一匹本地狼，并在 20 世纪 30 年代射杀了最后一头狮子。没有了这些捕食者，马鹿繁殖到了数量过剩的水平，对它们所吃的植物，特别是柳树、杨树和木棉树，造成了巨大的破坏。现在，随着狼的再引入，还有灰熊和山狮的捕食，以及人类在公园附近对马鹿增加了猎杀，马鹿的数量与食物供应达到了更好的平衡。随着公园内马鹿的减少，柳树、杨树和木棉树正在恢复，这对其他吃植物的动物，如野牛和驼鹿以及海狸，都有好处。恢复的植被也为鸣禽提供了额外的栖息地。

整个夏天，我都在继续监测晶石溪狼群。现在，幼崽们有了足够的体力，可以和成年狼一起全天出行。我在塔楼路口、"小美国"和标本岭都见过这一家子。这些地方玛瑙溪狼也要用，但我们没发现这两个有亲戚关系的狼群之间有任何接触。到 9 月底，玛瑙溪狼向东走到了拉玛尔谷的紫晶溪流域，但没有走远，可能是因为它们想避开德鲁伊峰狼。那个月我还看到了 105 号的小狼群——水牛角狼群。

我们把一些来自基奥瓦部落的美国原住民长老带到了拉玛尔谷，他们在玉髓溪聚集地看到了德鲁伊峰狼，其中一位长老给我们讲了一个基奥瓦人的故事。他在黄石地区还没有建成公园的时候，曾经穿越这里。他听到了狼嗥，后来他把他的经历写成了一首歌，并为他们部落的人跳了解释的舞蹈。长老随后为我们唱了这首歌。数千年来，基奥瓦人等原住民与这个地区的狼有着特别密切的关系。他们学习狼是如何狩猎和形成组织的，并将他们所学的东西应用到自己的生活和部落中。这是我第二次向原住民们展示狼群，他们中大多数人从未见过野狼。我觉得这样做是一种特殊的荣耀。

稍后的秋天，我追踪了狼群幼崽的情况。水牛角狼群似乎没有任何幼崽。晶石溪狼群的幼崽数量从十只减少到三只。玛瑙溪狼群的两个巢穴里曾有八只幼崽，现在只有四只了。三只幸存的德鲁伊峰幼崽表现良好，但成年狼的数量从年初的十六匹下降到了九匹。有一匹从悬崖上掉下来摔死了，其他失踪的一岁狼可能是已经离群去寻找配偶了。

253 号，这匹腿部受伤的德鲁伊峰狼，偶尔会消失几天，出去走走，可能是为了找一匹母狼配对，然后再回来。它今年两岁半，与 1997 年 11 月离开玫瑰溪狼群并加入德鲁伊峰狼群时的 21 号，处在相同的年龄。

10 月，我应"愿望成真"基金会的要求，带一个十几岁的女孩阿曼达和她的家人出去找狼。阿曼达看了鲍勃·兰迪斯最近关于德鲁伊峰狼的电视纪录片，她的愿望是看到 21 号和它的家人。我们在玉髓溪聚集地找到了德鲁伊峰狼，观察了它们三个小时。能够帮助她实现愿望，对我而言并没有什么。后来，"愿望成真"组织再次与我联系，我们帮助另一个年轻女孩观看了狼群。她的旅行尤其特别，因为我的两个美国原住民朋友约翰·波特和斯科特·弗雷泽在公园里举行了一个狼的祝福仪式，所以他们邀请了这个女孩和她的家人一起加入。

之前，我曾带过一位因患有癌症而时日不多的退休日本野生动物教授。狼曾是他们国家的本土动物，但在他出生前就全部被杀光了。他最后的愿望是看到野外的狼群，我们帮助他见到了德鲁伊峰狼。另一位客人坐在轮椅上，我们把他推到了足够高的山上，这样他就可以看到狼了。

任何一个人在我的位置上，都会带这些人去看狼，但我特别有动力去帮助他们，因为 21 号还在玫瑰溪狼群中帮助照顾幼崽时，我看到了一个感人的情节。那次，给大多数的幼崽送去食物后，它注意到有一只幼崽独自待在一旁，似乎有健康问题。21 号走向那只幼崽，与它相处了一段时间，这种同情一定能够让它振奋起来。

我很乐意帮助任何想看狼的病人或残疾人，但我也会帮助其他来找我的人，有些甚至是获得过奥斯卡奖的电影明星、电视名人、模特、歌手和美国参议员。有一位是英国前首相，另一位是亿万富翁，但 99.99% 的人是普通人。有一次，一对已婚夫妇走过来对我说，多年前我曾带他们的孩子看过狼。他们还说，孩子们现在都长大了，有了自己的孩子，当他们在节假日聚会时，一家人总会谈论起那天他们在黄石国家公园看到狼的情景。我曾经试着估计了一下我在公园里帮助多少人看到过狼，发现大概能有十万人左右。

经常有人问我曾经离狼群有多近。我回答说，当我观察狼群时，它们平均离我 1 英里。我在徒步旅行时会不小心碰到狼，它们就在附近，我会退后。狼通常会避开人。我们希望保持这种行为模式。否则，当它们离开公园时，可能会认为靠近人类是安全的，从而被射杀。近年来黄石国家公园有好几只狼都是这样。1 英里也是狼与我帮助的游客群体之间的平均距离。

一天清晨，我在玉髓溪聚集地看到两匹黑色的德鲁伊峰狼。其中一匹非常黑，另一匹是灰黑色的，胸前有一个浅浅的 U 形标记。有五头马鹿来到了这个地区，其中有一只马鹿犊。最近的那匹黑狼向它们跑去，孤立了那只马鹿犊。鹿群里只有一头母马鹿，它转向远离马鹿犊的方向，表明这不是它的孩子。马鹿犊很快就被狼从成年马鹿群中分开了，但它还是很容易就跑掉了。黑狼并没有丝毫要放弃的迹象。

在追赶的一分钟内，一只乌鸦从西边飞来，飞到狼的身边，跟上了它的步伐。它一定是在远处发现了这场追逐，然后飞过来看看是否能得到一些食物。这只鸟叫了几声。狼现在追上了马鹿犊。它加快了速度，抓住了一条后腿。马鹿犊上蹿下跳，试图把狼甩掉。然后，它用另一条后腿向后踢去。乌鸦在头顶上盘旋，观察着这场争斗，并继续叫着。另外三只乌鸦也飞了过来。马鹿犊仍在挣扎着想逃脱，但狼坚持不懈。马鹿犊边挣扎边踢腿，绕着小圈跑。另一匹狼跑过来，咬住了它的喉咙。马鹿犊很快就死了。

发起追击的灰黑狼现在正在啃食马鹿犊。它看起来像聚集地出生的幼崽的母亲，就是那个臀部有括号标记的。从那时起，由于它胸前突出的斑纹，我们称它为 U 黑。另一匹黑色德鲁伊峰母狼的背毛上的灰毛比 U 黑还多，我们称它为半黑。"狼项目"试图不用人名，而是用其他称谓来称呼未戴项圈的狼，所以我们要寻找一些独特的身体特征。

第一只乌鸦一开始就发现了这场追逐，飞到狼和马鹿犊的上空，叫了起来。其他三只鸟听到了叫声，并理解了它的含义。也许它们就是一开始那只鸟的配偶或后代。四只乌鸦现在就在离狼几英尺远的地上，寻找机会从尸体上偷点儿什么。

乌鸦几乎总是能在狼之前找到自然死亡的动物，而狼可以从中学习如何获利。几年前，我在拉玛尔谷发现了一匹德鲁伊峰一岁狼趴在公路北面。它看着南面，那儿有许多乌鸦在活动。狼起身，越过公路和拉玛尔河，直奔它看到乌鸦的地方。我把我的望远镜指向那边，看到一头母马鹿的尸体，没有被狼或熊碰过。乌鸦在空中发现了它，它们的出现给狼发出了提示。由于尸体是完整的，乌鸦无法啄破母马鹿厚厚的皮。当一岁狼把它撕开的时候，鸟儿们也就能吃到肉了。它们需要狼来为它们在尸体上开个口。

还有一次，我看到一群乌鸦大概有五十只，在德鲁伊峰狼出行时围绕着它们，看起来像在护送狼群。然后这些鸟儿滑翔而去，落在离狼群 400 码远的地方。我看到有什么东西从雪地里伸了出来，但看不出是什么。领头的狼停了下来，盯着乌鸦，然后朝它们的方向跑去。当狼群到达时，乌鸦群飞了起来，在它们上方盘旋。两匹狼走到乌鸦刚才下落的地方，四处嗅了嗅，然后共同咬住了从深雪中伸出来的物体。几分钟后，它们拉出了一具马鹿尸体，它被最近的暴风雪完全覆盖了。乌鸦知道那个地方，但是靠它们自己无法把尸体拉出来。乌鸦是不是故意在狼群身边盘旋，然后飞到那个地方，狼会感到好奇，过去把尸体拉出来，让乌鸦也可以吃到它？我认为它们正是这样做的。

在这两个案例中，狼发现了一具新的尸体，这要归功于乌鸦给它们提供的线索。但也有很多时候，是乌鸦看到狼群所在，才发现了一个新的猎物。这样它们就能从狼群那儿偷到肉。如果乌鸦离得太近，它们会被赶走，但狼群一般会容忍它们的存在。这可能是因为幼崽已经习惯了乌鸦在巢穴周围频繁出现寻找免费食物。无论乌鸦和狼存在多久，它们都有一种互利的关系。

在黄石国家公园狼再引入的早期，我记得读过一则新闻，一只圈养的乌鸦活到了六十九岁。这表明野生鸟类也可以活那么久。也许早在1995年狼被带回公园的时候，在最后一匹本土狼被杀六十九年后，一只年长的乌鸦就在附近。当它看到新的狼群时，这只老鸟可能想起了它早年的生活，以及它是如何在狼群捕猎时与它们一起觅食的。当乌鸦第一次看到新狼群猎杀的新鲜尸体时，它从天而降，从那里偷肉。其他的乌鸦，那些太过年轻不认识狼的，也会跟上，一窝蜂地跑到尸体上。克里斯·威尔默斯为"狼项目"研究狼群捕猎中乌鸦的活动，有一次他在一具尸体上数出了一百六十三只乌鸦。

"狼项目"的另一位研究人员丹·斯塔勒在黄石国家公园做了一项创新性的乌鸦与狼的研究，作为他佛蒙特大学硕士学位论文的一部分，他的导师是著名的乌鸦专家贝恩德·海因里希博士，《冬季的乌鸦》一书的作者。

作为实验，丹在没有狼出没的地方放置了在公路上被杀死的动物。他记录了乌鸦在一个小时内发现这一位置的概率，以及当它们发现动物尸体时有何反应。乌鸦在一个小时内发现尸体的概率仅为36%；而在狼群捕猎的情况下，乌鸦发现尸体的概率为100%。他有一个更重要的发现，当乌鸦发现一具没有被狼啃食的动物尸体时，它们会绕几圈然后飞走，在第一个小时里，没有乌鸦会回来觅食；相反，如果一具新的尸体上有狼在啃食，乌鸦就会立即降落并试图进食。

在丹和贝恩德发表的关于这个实验的研究论文中，他们提出，当狼不在现场时，乌鸦对新的尸体有一种恐惧反应。他们称之为"恐新症"，即对可能有危险的新事物的恐惧。如果乌鸦看到狼在一具新的动物尸体旁，这显然让它们确信情况是安全的，所以它们会降落并进食。

这种行为模式是如何形成的？过去，人们会在动物尸体上投毒，以杀死以尸体为食的狼和郊狼。这种毒药也会杀死鸟类，特别是乌鸦。也许前几代的乌鸦看到同伴在这些地方进食后死掉了，于是学会了避开它们。但它们也学会了在动物尸体旁观察狼，如果乌鸦看到狼进食后，没有任何不良反应，这表明它们也可以在那里安全进食。狼就像帝王曾经雇用的食物品尝者，在食物传给他们进食之前全部试吃一下。

几年前，我在准备关于乌鸦的讲座时，发现了一个关于毒肉问题的有趣故事。加拿大一个男人从他的小屋窗户向外看，发现一只乌鸦在吃一具新的动物尸体。后来，当他看第二眼时，他注意到有一大群乌鸦在该地区盘旋。他把视线转移到尸体上，发现原来那只乌鸦仰面躺平，一动不动。整群乌鸦飞走了，甚至都没有落地，显然它们认为尸体旁的那只鸟是死于吃了毒肉。这名男子对乌鸦的智慧和分析情况的能力印象深刻，于是他又看了看现场。现在，大群的乌鸦离开了视线，死去的乌鸦起身继续进食。这是一个避免分享肉的技巧。当再有其他乌鸦飞过时，它又装死了。

我在阿拉斯加德纳里国家公园工作时，读了很多来自该地区的原住民的故事，其中有一个名叫"乌鸦"的角色，他总是试图欺骗人们和其他动物，通常是为了获得食物。由于这种行为，他被称为捣蛋鬼。该研究领域的专家估计，这些故事起源于两万年前的西伯利亚，通过白令陆桥被带到了阿拉斯加。它们可能是今天仍在讲述的已知最古老的故事。当我读到乌鸦欺骗其他鸟类的故事时，我发现乌鸦在野外的行为与这些故事中乌鸦骗子的行为是类似的。

第十三章　入侵和与世隔绝的和平

2002 年 11 月下旬，莫里斯狼群从南边的领地来到了拉玛尔谷。它们的祖先水晶溪狼群，在 1996 年春天被德鲁伊峰狼赶出了拉玛尔谷，那是 21 号加入狼群之前的事。

那天早晨谷里充满雾气。我们听到了似乎是三个独立狼群的嗥叫声，其中两个在路南，第三个在路北。我们可以看到路北的狼群：三只幸存的德鲁伊峰幼崽中的两只，和一匹黑色的成年狼。

南边的天开始放晴，我们发现了十二匹莫里斯狼：十匹成年狼和两只幼崽。然后我看到了第二群德鲁伊峰狼，有七匹，包括头狼夫妇和狼群中第三只幸存的幼崽。尽管在它们的领地上出现了敌狼，但狼群似乎并不担心。21 号的狼群在嗥叫，莫里斯狼群也嗥叫着回应。莫里斯狼交替看着两群狼，嗥叫的时候看着七匹德鲁伊峰狼的大群，嗥叫回应的时候又看着北边的三匹德鲁伊峰狼。较大的德鲁伊峰狼群在嗥叫时转向莫里斯狼群。我已经多年没见过莫里斯狼了，也不认识这些狼群成员。一匹尾巴上翘的大灰狼似乎是公头狼。它们小跑着向西离开，我看不见它们了。我把望远镜转向德鲁伊峰狼大群，看到它们在睡觉。

在莫里斯狼群离开两个小时后，德鲁伊峰狼站了起来，发现了莫里斯狼的气味踪迹，兴奋地四处嗅着。我可以听到远处传来莫里斯狼的嗥叫声。德鲁伊峰狼朝声音的方向走去，并嗥叫回应。我很快就发现了十二匹莫里斯狼向七匹德鲁伊峰狼跑去。42 号已经转过了身，现在正带领它的狼群向北跑去，远离莫里斯狼。21 号就跟在它身后，处于保护它的位置，以防莫里斯狼追上它们。42 号很可能打算与路另一边的成年狼和两只幼崽会合。如果德鲁伊峰狼团聚，它们加起来就有十匹，和另一边的数量差不多。

这时，21 号停下来，回头看了看，嗥叫起来。42 号也学它的样。莫里斯狼短暂地朝德鲁伊峰狼跑去，然后又转身远离。21 号在众狼环视之下，盯着其他狼。它直接站在十二匹莫里斯狼和 42 号之间。它们必须越过它，才能抓到 42 号。这让我想起了德鲁伊峰狼与内兹帕斯狼的战斗，当时 42 号与 21 号分开了，结果 42 号受了伤。我想 21 号已经从中吸取了教训，现在和 42 号待在一起，时刻准备保护它。

十二匹莫里斯狼现在开始往南跑，远离 21 号。我回头看了看它。它独自站在那里，平静地看着其他狼退却。我听到了来自北边的嗥叫声，看到 42 号站在路的另一边。它直直地看着 21 号。21 号转过身来，向 42 号走去。当它加入其他德鲁伊峰狼的行列时，它们都发出了嗥叫声，宣告自己的领地。十四分钟后，我检查了来自莫里斯狼的信号，没有任何发现。我研究了 21 号，惊奇地发现它很平静，毫无压力。看起来，它平静的自信和保护伴侣及家人的决心，通过挡在对手狼群面前表现了出来，吓得规模较大的莫里斯狼群离开了这个地区。

有的时候，我能把从 21 号学到的东西用在个人场合。有一天，我正在拉玛尔谷的一个停车场，一辆车高速驶入。司机下了车，她似乎很害怕。她发现了穿着管理员制服的我，就跑了过来。这名女子告诉我，她和她的小女儿刚刚卷入了一场路怒事件。她们正开着车，一辆汽车从她们身后驶过来。男司机反复按喇叭并对她们大喊。她担心他要在这个停车场来找她们。

我用公园服务电台给执法管理员打了电话，向他简述了这一事件，并告诉了他我们的位置。紧接着，那名男子冲入停车场，跳下了车。我告诉那对母女站到我身后。那人冲了过来。想起 21 号是如何挡在 42 号和莫里斯狼群之间的，我待在原地，冷静地看着那个男人。

当他向我们走来时，他瞪着母亲和女孩，然后注意到了我。过了一会儿，他放慢了速度，然后环顾四周，往后退了。这时，巡逻的管理员走了过来。我指了指那个男人，管理员接手了这件事。正如 21 号观察它的养父 8 号，并将从养父那里学到的东西运用到自己的生活中，我也通过观察 21 号，做了同样的事情。对我来说，它是可靠和勇敢的黄金标准。

在狼群对峙事件两天后，莫里斯狼群再次出现在公路的北面。这一次，它们有十三匹狼。德鲁伊峰狼在山谷的南边。它们听到了莫里斯狼的嗥叫声，并向声音的方向看去。

217 号在德鲁伊峰狼群中。它由 21 号和 42 号在 2000 年所生，目前是这个家庭的短期成员，有一部分时间是与玛瑙溪狼群在一起的。现在它已经两岁半了，需要找到一匹没有血缘关系的公狼，这样它就可以成立自己的狼群，就像它的许多姐妹已经做的一样。此后不久，我们就不再看到 217 号与德鲁伊峰狼在一起了。12 月 7 日，我在拉玛尔谷的西端看到它独自出行。它的北面有嗥叫声，就在路的对面。217 号往那边走，很快我们就看到它和两匹我们不认识的狼在一起，一黑一灰。这三匹狼都在兴奋地互相打招呼。黑狼做了一个抬腿撒尿的动作，217 号马上在它的位置上做了标记。灰色公狼也在那里做了一个气味标记。217 号对新狼们表现出了一种玩闹的态度。

圣诞节前一天，我发现了 261 号，一匹来自莫里斯狼群的灰色公狼和 217 号以及它的两个同伴一起，出现在斯鲁溪的一具尸体附近。三匹公狼彼此之间都很友好，这表明它们很可能是兄弟。217 号与这三匹狼调情，它们也友善地回应。这四匹狼很快就被命名为斯鲁溪狼群。217 号和 261 号是头狼夫妇。这是由一匹德鲁伊峰母狼和几匹莫里斯公狼组成的联盟，这两个狼群自 1996 年春天以来一直是敌人，差不多有七年了。两天后，一匹黑色的母狼又加入了它们。它和 217 号相处得很好，所以新来的可能是德鲁伊峰狼。

这是 2002 年离群的德鲁伊峰母狼帮助建立的第四个新狼群。玛瑙溪、晶石溪、水牛角，现在是斯鲁溪。所有这四个狼群都宣称拥有 21 号在 2000 年下半年接手的超级领地的一部分。现在没有超级狼群了，而是五个正常规模的狼群，将那片广阔的领地分成了几个小部分。

2002 年底，玛瑙溪狼群有六匹成年狼，包括公头狼 113 号、母头狼（可能是一匹德鲁伊峰狼）、前德鲁伊峰狼 103 号和 251 号，以及在石榴山生下了一窝幼崽的黑狼。最初的八只玛瑙溪幼崽中，有四只幸存了下来。由德鲁伊峰狼 106 号担任母头狼的晶石溪狼群有六匹成年狼和三只幸存的幼崽。由德鲁伊峰狼 105 号开启的水牛角狼群有四匹成年狼，没有幼崽。

在这一年里，我定期徒步到南布特去观察利奥波德狼群——1996 年初由一岁狼 2 号和 7 号建立，我从那时起就一直在研究这个狼群。我看到这一对养育了好几窝幼崽。在它们长期相处的过程中，我对它们表现出的玩闹和亲情印象深刻。

母头狼 7 号在春天的筑巢季节死亡。当"狼项目"的工作人员对它进行检查时，他们确认它曾与其他狼打斗并受了伤。它曾被看到与八只幼崽一起出现，死亡时仍在哺乳期。在它死后的几个月里，公头狼 2 号和其他十二匹利奥波德成年狼一起努力使 7 号的幼崽们活得很好。一匹没有项圈的黑狼，很可能是 2 号和 7 号的女儿，成了新的母头狼。到了年底，一些成年狼离群了，但所有的幼崽都活了下来。

利奥波德冬季研究小组的马特·梅茨告诉我，2 号在 11 月底离开了狼群，现在正和五匹黑狼和两匹灰狼一起出行。利奥波德狼群中的所有其他母狼都是2号的女儿，这意味着它不会与它们交配。和它一起出行的团队中，一匹黑色母狼和一匹灰色母狼可能是它的伴侣。我看到2号把一只前爪放在灰色母狼身上，然后把头伏在它的背上，这表明它对它感兴趣。

它没能组成新的狼群。在这一年的最后一天，我们收到了2号在地狱咆哮溪区域死亡的信号。106号的信号也在这个地区。"狼项目"的一位工作人员发现了2号的遗体，得出结论，它被敌对狼群攻击了，很可能是晶石溪狼群，它也是因受伤而死亡。由于利奥波德狼群中所有的狼都是2号和7号的亲戚，它们在漫长的生命中相互交配，至少有三十九只幼崽。其中有二十九只活到了一岁，它们的两个女儿建立了各自的狼群。利奥波德狼群在这对夫妇死后继续存在，它们的两个儿子注定要在黄石国家公园的狼故事中扮演重要角色。

听到2号和7号都在与敌对狼群的搏斗中死去，我特别难过，但这就是公园狼的现实。这是成年狼最常见的死亡原因，我得接受这个事实。当你长年累月紧锣密鼓地研究狼群时，你会认识一些你非常钦佩的充满魅力的个体，最终你会目睹或听到它们的死亡。我想狼喜欢它们被赋予的生活，并接受这种生活所带来的任何困难，而不会为自己感到遗憾。我也试着这样做。

第十四章　253 号的奇妙旅程

在这一年最后的几个月里，所有的狼群都发生了很多事情，以至于我一直没有讲这个故事，这个故事其实盖过黄石国家公园狼群发生的其他一切。

253 号最后一次被看到和德鲁伊峰狼在一起是 10 月 17 日。那天晚上，我看着它带领它的家人来到玉髓溪聚集地。第二天一早，我在那儿收到了它和其他德鲁伊峰狼的信号。我数了数，有十匹狼，但没有看到 253 号。它的信号减弱，很快就消失了。它一定是自己走了，爬上并翻过了标本岭。

然后它消失了。我们在公园的任何地方都接收不到它的信号，即使用追踪飞行也找不到。一匹后腿永久性受伤的离群孤狼，独自存活的机会并不是很大。如果它待在家里，21 号去世后，它会成为继承人，这意味着 253 号可以成为下一个德鲁伊峰公头狼。但它肯定觉得找一匹没有血缘关系的母狼成为配偶、并生下小狼是更重要的事情。

11 月的最后一天，在盐湖城东北 25 英里的瓦萨奇山区，一个捕猎者出去检查他的陷阱，发现一匹大黑公狼的右前爪被夹住了。捕猎者在这一地区还看到了第二组狼的足迹，这意味着这匹狼一直在与同伴一起出行，可能是一匹母狼。这名男子把狼腿绑在一起，把它从陷阱里救了出来，然后开车送到犹他州自然资源部的管理人那里，管理人把狼安置在一个狗窝里，给它喂食喂水。兽医给它医治了爪子。

美国鱼类和野生动物管理局的生物学家迈克·希门尼斯接管了这匹狼。这匹狼有一个无线电项圈，其频率与分配给253号的项圈一致。它是七十多年来犹他州第一匹被确认的狼。发现它的地方离拉玛尔谷大约有200英里。迈克带着253号驶向东北，12月2日，在黄石国家公园南入口附近的大提顿国家公园将它放走了。我后来和迈克谈起了253号，他告诉我，这匹狼非常温顺，很好相处。

从释放地点到拉玛尔谷的直线距离为60英里。迈克监测了253号的信号，并在12月10日发现它的定位在黄石湖以东，拉玛尔谷以南约45英里处。12月20日早些时候，我在拉玛尔谷接收到了它的信号，这离我看到它和德鲁伊峰狼在一起已经六十五天了。我在紫水晶溪附近发现了这个狼群，数了数有九匹。其中有一匹是跛脚的，那就是253号。它一定是在夜里加入了它的家庭。它花了十八天的时间从大提顿回了家。

当狼群开始出行时，我看到253号排在最后，由于左后腿的旧伤和右前爪的新伤，它把速度放慢。它时不时会把那只爪子抬离地面，但当它把左后腿抬起来时，就不得不忍着疼痛，用上那只前爪。随着队伍继续前进，253号很难跟得上。有一次，它趴下，让爪子得以休息，但几分钟后又站了起来，继续跟着其他狼。那天德鲁伊峰狼走了几个小时，253号努力跟上了它们。

几天后，当德鲁伊峰狼们在一段出行后趴下时，我看到253号在舔那只前爪。我注意到，21号经常选择在狼群休息的时候趴在253号身边。圣诞节前一天，21号带领狼群快速前进时，253号排在第二位。三天后，253号在跑去迎接21号和42号时，前爪已经没有跛的迹象了。此后出行时，它只是偶尔把它抬离地面。

在253号被抓一周后，另一匹狼踩进了犹他州的郊狼陷阱，但当狩猎管理员走近时，它又从陷阱中抽身，跑掉了。美国鱼类和野生动物管理局的埃德·邦斯，他也是北落基山狼恢复项目的领导人，他告诉记者，这可能是 253 号被诱捕时与它在一起的那匹狼。埃德认为 253 号与一匹母狼一起出行，它们一直在寻找一个可以安家的地方。

《盐湖城论坛报》的布伦特·伊斯雷尔森向我采访了关于 253 号返回拉玛尔谷的故事。在他发表的报道中，他引用了我的话："它在去犹他州之前就已经很有名了。它的故事和状况引起了很多人的同情。所有这些使得 253 号的名声倍增。它现在是一个真正的明星了。"报道的标题是《受人爱戴的 253 号，与本土狼群一起奔跑》。

在另一篇报道中，同一个记者采访了道格·史密斯。道格谈道，253 号在后腿受伤并回到它的家庭后，它因为在照顾幼崽、捕猎马鹿和保护狼群巢穴不受熊破坏方面的勤奋，引起了公众的注意。"它比一些更健康的狼做得更多。"道格告诉记者，他对 253 号的能力印象深刻，它能带着一条伤腿长途跋涉到犹他州，然后带着两条伤腿回到德鲁伊峰狼群。"它们没有困难或痛苦的概念。它们不会对自己说，'哎呀，我一瘸一拐的，今天走不了多远'。它们只是去做。"这些话真正概括了 253 号的性格。

我想了很多关于犹他州第二匹狼的事情。这两匹狼遇到了对方，可能正准备组建一个家庭，然而 253 号踩到了那个陷阱。当我在德纳里国家公园工作时，我和狼生物学家戈登·哈伯成了朋友。在他对该地区的研究中，他记录了几个案例，这些案例中，如果一匹狼被陷阱抓住了，配偶会不离不弃，只有在捕猎者来到现场时才会跑开。

这种忠诚感有时会延伸超越死亡。戈登在他的《狼群之中》一书写道，当母狼在陷阱中挣扎的时候，一匹公狼在它身边陪伴了两周。捕猎者随后赶到，杀死了这匹无助的母狼，并用雪地摩托将其拖走。第二天，戈登看到这匹公狼在母狼被捕获的地点哀号着寻找它的伴侣。那几周，公狼反复回到这个地方，徒劳地试图寻找它的母狼。它在德纳里保护范围之外出行时，遭遇了一个悲惨的结局：一个猎人开枪打死了它。

当253号困在陷阱里时，附近出现的第二组足迹表明，它已经找到了一个具有类似忠诚度的同伴。我期待这个同伴后来也找到了一个和253号一样好的伴侣。

第四部

2003年

领地地图

黄石狼群领地
2003年

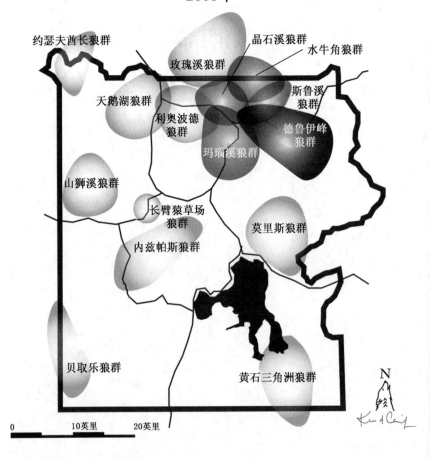

约瑟夫酋长狼群

玫瑰溪狼群

晶石溪狼群

水牛角狼群

天鹅湖狼群

斯鲁溪狼群

利奥波德狼群

德鲁伊峰狼群

玛瑙溪狼群

山狮溪狼群

长臂猿草场狼群

莫里斯狼群

内兹帕斯狼群

贝取乐狼群

黄石三角洲狼群

N

0   10英里   20英里

狼群成员

在一个自然年中，狼群的规模有增有减。这些图表显示了任意一年的主要狼群成员。M= 公狼，F= 母狼。星号（*）表示被认为已经有自己巢穴的母狼。从其他狼群加入的狼，第一次出现时，在括号内标出原狼群。正方形表示成年狼和一岁狼。圆圈表示幼崽。

德鲁伊峰狼群

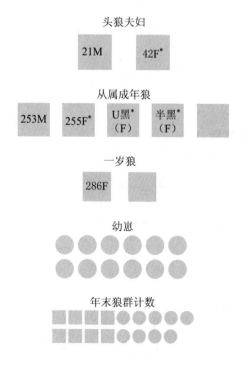

玛瑙溪狼群

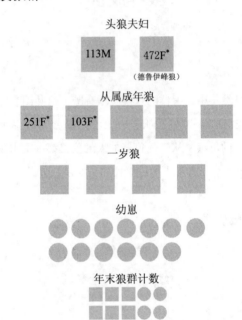

头狼夫妇

113M 　472F*
（德鲁伊峰狼）

从属成年狼

251F* 103F*

一岁狼

幼崽

年末狼群计数

斯鲁溪狼群

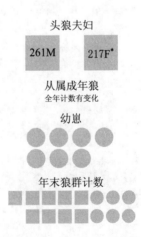

头狼夫妇

261M 　217F*

从属成年狼
全年计数有变化

幼崽

年末狼群计数

晶石溪狼群

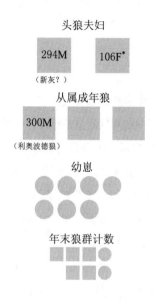

头狼夫妇

294M （新灰？） 106F*

从属成年狼

300M （利奥波德狼）

幼崽

年末狼群计数

独行公狼

302 （利奥波德狼）   301 （利奥波德狼）

目睹与 302 号在一起的德鲁伊峰母狼

U黑　半黑　255

第十五章　302 号进入狼群

1 月初，德鲁伊峰狼群通常有九匹狼，幼崽数量则从最多时的八只下降到两只，剩下的两只幼崽是雌性，一黑一灰。这与 2000 年形成了鲜明的对比，当时二十一只德鲁伊峰幼崽中有二十只存活。七匹成年狼包括：21 号和 42 号、两岁的 253 号、一匹黑色雄性一岁狼，以及雌性一岁狼 255 号，还有 U 黑和半黑。这些一岁狼现在差不多都快两岁了。到了这个年龄，它们中的一些狼可能会离群去寻找配偶，并建立属于自己的家庭。

道格·史密斯开始了本季度的无线电项圈工作。他射中了 217 号，现在斯鲁溪狼群的母头狼，用一个新的项圈替换了它那个已经不能用的项圈。然后，他给德鲁伊峰狼的黑幼崽戴上了项圈。它被分配为 286 号。工作人员从幼崽身上提取了血样，结果显示内兹帕斯公狼 214 号是它的父亲。它就是我见过曾与 U 黑交配的狼，然后回到德鲁伊峰狼群产下了幼崽。

当天晚些时候，道格射中了天鹅湖狼群中的三匹狼，这是一个由利奥波德狼 2 号和 7 号的女儿建立的狼群，在猛犸温泉区附近划定了领地。我的朋友安妮·格雷厄姆当时也在公园里。两年前，当我被邀请在休斯敦动物园做灰熊的讲座时，我曾与安妮和她的丈夫鲍勃待在一起。我用无线电呼叫了道格，他说我们可以徒步出去，帮助处理狼群。我们加入了团队，看着他们检查动物的健康问题，提取血液样本，然后给每匹狼戴上无线电项圈。用在狼身上的镇静剂很快就能让它们动弹不得。它们在接受处理时处于半昏迷状态，睁着眼睛。

　　其他狼群成员就在附近，它们在嗥叫，试图联系它们的三名失踪成员。一切工作完成后，我们再徒步走出去。多年来，我参与了几十次捕狼行动，新戴上项圈的狼几乎总是在第二天早上回到它们的狼群里。它们通过互相嗥叫来找到对方。

　　1月17日早上六点三十九分，我离开小屋时，气温是1华氏度（零下17摄氏度）。我看到九匹狼在它们的巢穴东边。它们一边嗥叫一边看向西南方向。我把望远镜转向那边，看到了一匹孤狼。那是一匹高大威猛的年轻公狼，有着光滑的黑色毛发。这匹狼长得非常漂亮，它可以在威斯敏斯特狗展上获得最佳奖。即将进入狼的交配季节，很容易就能看出这家伙的目的。它一定是闻到了21号三个成年女儿的气味。它要做的就是把姐妹们从它们的父亲身边引开，带着它们跑掉，然后建立自己的狼群。

　　它朝德鲁伊峰狼看了看，然后朝它们的方向跑去。德鲁伊峰狼消失在了森林里。那匹公狼在我看不见狼群的地方嗅了嗅。很快，半黑从树林间走了出来。它走到新来的狼面前，摇了摇尾巴。然后半黑嗅了嗅它，做了个游戏邀请鞠躬。这看起来和鲍勃·兰迪斯在1997年底拍摄的42号初见21号时的画面一模一样。这匹黑色的公狼看了看半黑，夹着尾巴跑掉了。21号和42号冲过母狼身边，向入侵者冲去，但这时那匹新的公狼已经在南边远处了。21号找到了它的气味踪迹并寻味跑去。半黑和其他七匹德鲁伊峰狼跟在后面。

　　我在公路对面找到了那匹黑狼。它趴着，悠闲地回望着其他狼。21号盯着它。U黑在它的父亲身边。当21号看着这个入侵者时，它嗥叫了起来，头狼们也加入。然后，21号趴下了，似乎很满意这个无名小卒在受到挑战时落荒而逃。

　　但黑狼还留在原地。U黑溜走了，向黑狼小跑而去。当它走近黑狼时，它摇了摇尾巴。它们碰了碰鼻子，然后U黑做了个游戏邀请鞠躬。黑狼嗅了嗅母狼，我听到它发出呜呜的声音。然后黑狼跑开了。U 黑立即跟了上去，它们向西跑去，肩并肩，远离了 U 黑的父母。我向东望去，看到 21 号和 253 号正在追赶它们。253 号跑的时候，受伤的腿一点也不瘸。21 号领头，飞快地跑过了 U 黑。入侵者因为急于逃离 21 号，从一大群野牛中间跑了过去，继续前进。21 号停了下来，可能认为这个事件就这么结束了。

当 21 号转身向它的家人跑回去时，它女儿的求爱者犯了一个看似致命的错误：它向 21 号跑去，看起来像要向它挑战，打上一架。在那一刻，21 号回头看了看，看到一匹公狼向它冲来，立即向它跑了过去，颈毛都竖起来了。我从没见过 21 号的样子这么吓人。

入侵者失去了勇气，跑开了，但速度太慢。21 号追了上来，立即把它按倒在地。这匹公狼没有挣扎或反击，只是顺从地躺在那里。21 号完全掌控了它，可以轻易扯开它的喉咙，但 21 号没有发起攻击，它只是按住了那匹黑狼。在展示了它的力量之后，21 号放走了它的对手，就像一个中世纪的骑士对向它屈服的失败对手表示怜悯。新来的公狼跑开了，21 号回到了 U 黑和 253 号身边。

在目睹了这一激烈的事件后，我放松了一点儿，但随后看到事情还没有结束。新来的狼虽然被打败了，但还是走了回来，径直走向那三匹德鲁伊峰狼。它停下来，然后看着它们。21 号，可能认为这匹狼不会愚蠢到造成更多的问题，就走了，253 号跟在后面。然而，U 黑却走了另一条路，径直朝向那匹黑色公狼，再次摇起了尾巴。它们聚在一起，打情骂俏。新来的公狼向西走去，它跟在后面。我看不到 21 号或其他德鲁伊峰狼了。

我在西边失去了那一对狼的身影。公园志愿者雷·拉斯梅尔沃斯可以从另一个角度观察，他用无线电说 21 号刚刚跑回来，赶走了公狼。我看到外来者向南边走去。21 号在它的北边，正在观察。U 黑和 21 号一起回来了。后来 U 黑从父亲身边溜走，再次与黑狼会面。它试着和黑狼调情，但黑狼的视线越过它，然后以最快的速度跑开了。我转过身，看到21号向它冲去。不过，很快失去了入侵者的踪迹，21号又回到了42号身边。U黑和新公狼再一次尝试会面，然后21号又把它赶走了。

那匹公狼后来被射中，戴上了项圈，编号为302。基因检测表明，它是利奥波德头狼夫妇2号和7号的儿子。它出生于2000年，所以是两岁零八个月大。由于它的母亲是21号的半个妹妹，所以302号算21号的外甥。尽管这两匹狼是近亲，但21号和302号在性格上完全相反，这一点我很快就会知道。

当天晚些时候，鲍勃·兰迪斯看到U黑再一次与302号会面。21号追赶并抓住了它，然后把它按住。302号表现出完全的顺从。21号放走了它，就像之前那样，302号走了。U黑跟着它的新求爱者。鲍勃的报告加上我那天早上目睹的，表明302号已经知道了如何对付21号。如果它被按倒时瘫软在地不反抗，似乎就能结束21号的攻击。21号还是一岁狼的时候，就目睹了收养和哺育它的公狼8号如何在战斗中打败了原来的德鲁伊峰公头狼，然后放走了它。21号显然是遵循了它从8号那里学到的模式，它从来没有杀死过被打败的公狼，而302号现在正利用这一点对付它。

后来我看到302号在狼群附近。德鲁伊峰狼群的一匹一岁公狼在追赶它，而302号则从这匹年轻的小狼身边跑开。它们最后发生了冲突，302号蹲了下来，把尾巴夹在两腿之间，没有反抗就走了。一岁狼很满意自己对入侵者占了上风，于是回到了家里。

第二天，我们看到302号与半黑和另一匹德鲁伊峰黑狼在一起。转天，21号的三个女儿和那匹一岁公狼都和302号在一起了。一岁狼地位似乎高于302号。那天晚上，五匹狼来到一块岩石上，背后是夕阳。其中一匹嗥叫起来，其他的纷纷响应。

次日早上，两只幼崽也和它们一起，这群狼的数量达到了七匹。

我后来又回到了那里，听说德鲁伊峰头狼夫妇和 253 号也来了，向那里的六匹德鲁伊峰狼打招呼，然后攻击了 302 号。42 号抓住 302 号，咬住它并甩头。如果是 21 号抓住 302 号，它顺从的伎俩可能会再次奏效，但这骗不了 42 号。公狼跳了起来，跑掉了。在接下来的几天里，它一直远离着德鲁伊峰狼群。

我再一次见到 302 号是在 1 月 24 日。它和 U 黑以及两匹我们不认识的公狼在一起。由于这三匹狼相处得很好，那两匹新来的可能是 302 号的兄弟，来自利奥波德狼群。这三匹狼都在试图争夺 U 黑。但它似乎更喜欢 302 号。

21 号当时正专注于其他的某些事情。26 日晚上，42 号站在它面前，翘起了尾巴。它闻了闻它，很快这一对就交配起来，持续了二十分钟。

第二天，所有九匹德鲁伊峰狼都在拉玛尔谷的西端，我们想知道这是否意味着 21 号的三个女儿已经结束了对 302 号的迷恋。302 号在几英里外的斯鲁溪附近与另一匹黑色公狼在一起闲逛。两匹狼都在同一天被戴上了项圈，那只黑色的公狼被指定为 301 号。它的 DNA 显示，它是 302 号的弟弟。

利奥波德一岁狼 301 号也比 302 号地位高，就像德鲁伊峰一岁公狼一样。302 号似乎愿意从属于其他公狼，即使是比它年轻的，它不愿为自己出头。它表现得像一个预感自己会在战斗中死去的人，从不想卷入战斗。

21 号和 42 号在 29 日早上七点三十分再次交配，中午十二点三十三分又来了一次。这是我本季度第三次看到它们交配。当 21 号的日程被占满的时候，U 黑与 302 号及其兄弟在一起了。

2 月初，我们经常看到利奥波德两兄弟与 U 黑和半黑在一起。255 号有时也加入它们。302 号在 4 日与半黑进行了交配，在 10 日和次日都与 255 号进行了交配。255 号在与 302 号第二次交配后，很快就回到了德鲁伊德峰狼群。

"狼项目"在 2 月 12 日进行了更多的无线电项圈佩戴工作，我得以见到道格在地狱咆哮溪区域击中两匹晶石溪狼。他先是试图抓住晶石溪母头狼 106 号，但它跑进了树林间，所以他不得不放弃它。瞄准狼群中的一匹黑色公狼后，道格用飞镖射中了它，它在一分钟内就卧倒了。这时，106 号回到了视线中，道格也抓住了它。如果你下辈子当狼，想避免被研究人员抓到戴项圈，那就躲进森林里，但要待到直升机离开为止。

一天下午，我看到的事件恰如其分地证明了 302 号和 21 号有多么不同。302 号和它的兄弟与 U 黑一起猎杀了马鹿。302 号在远离尸体的地方啃了一块肉。它看了看 U 黑，看到它撕下一块肉。它跑过去，扑向它，并偷走了那块肉。U 黑平静地回到了尸体旁，继续进食。我从来没见过 21 号从母狼那儿偷食物。尽管出现这种粗鲁的行为，21 号的三个女儿仍然对 302 号趋之若鹜。一位女性朋友告诉我，302 号就像那个骑着摩托车上高中的坏男孩，能轻易地赢得异性好感。

第二天，2 月 15 日，U 黑仍然和 302 号及其兄弟在一起。半黑也在那里。我一直在跟踪母狼的等级制度。U 黑是位于支配地位的。它会按倒 255 号，之后，255 号又会去按倒半黑。

255 号和半黑在 19 日回到德鲁伊峰狼群。它们回来后不久，253 号就开始和黑幼崽玩耍了。这引起了半黑的注意，它跑去追赶灰色幼崽。21 号看到后，跑到前面，趴在鼠尾草上，等着两匹狼追上来，然后从藏身处跳起来，再跑到它们前面。等没人追它了，它又反过来追它们，然后飞快地跑掉。又有一天，253 号和黑色幼崽玩起了追逐游戏。在追逐过程中，它把重心放在受伤的后腿上，不顾疼痛。它的右前爪，也就是曾被夹子夹住的那只，似乎正在康复中。

2 月下旬，拉玛尔谷的雪已经很深了。有一天，我看到 21 号带着它的家人穿过一片特别艰难的雪地。起初，它待在薄薄的雪面上，但雪面不能承受它的体重，它开始陷入下面的雪中。然后它不得不挣扎着向前迈进。黑幼崽紧随其后，当 21 号暂停休息时，它绕过它，占据领头的地位。现在，这匹大狼爸爸沿着女儿的足迹在前进。它累了之后，灰幼崽再到前面去。

2 月 24 日早上，气温是零下 39 华氏度（零下 39 摄氏度），我的车无法启动。我在小屋里放着便携式电池和电缆，用它们启动了汽车。那天早上公园的低温是零下 51 华氏度（零下 46 摄氏度）。山谷里暖和了一些，是零下 40 华氏度（零下 40 摄氏度）。25 日，三匹德鲁伊峰母狼都和利奥波德兄弟一起回来了。

在 217 号的斯鲁溪狼群中，来自莫里斯狼群的公头狼 261 号的个性似乎有点像 21 号。我看到它和另外两匹比它级别低的公狼在玩耍。它和其中一匹摔跤，并两次允许另一匹狼把它按倒。然后 261 号和一匹黑色的公狼在玩耍。另一匹狼追着 261 号，追上之后还拉它的尾巴。我检查了 261 号的基因报告，发现它是 8 号狼的孙子，而 8 号狼养育了 21 号。

3 月 10 日，半黑和 U 黑与 302 号兄弟俩一起出现在斯鲁溪西边。四匹狼向北看了看，然后向相反的方向跑去。我看到晶石溪狼向它们冲去，公头狼领头，106 号紧随其后。我很快就失去了所有狼的踪迹。十分钟后，我看到 U 黑和半黑出现在悬崖顶上。302 号肯定是跑过它俩自保去了，因为它在悬崖底，就在两匹母狼的下面。

第二天早上，我发现 302 号又回到了那两匹母狼身边。在那个位置，302 号向北看看，然后迅速跑向南边。我向北扫视，看到晶石溪狼冲了过来。半黑和 U 黑跑了出去，最终追上了 302 号。三狼小队设法从另一个狼群中逃脱了，只是当母狼处于危险之中时，302 号的反应又是跑开自救。

我看到 302 号已经和 255 号及半黑都交配过了。255 号显然已经意识到 302 号并不具备成为一个合格公头狼的条件，于是回到了德鲁伊峰狼群。几天后，U 黑也重新加入了它原来的狼群。丹·斯泰勒在 3 月 20 日做了一次追踪飞行，看到 302 号回到了利奥波德狼群。这说明半黑，也就是三只德鲁伊峰母狼中的最后一只，也抛弃了它。

那天我和道格聊了聊，他告诉我他在鹈鹕山谷看到莫里斯狼和一头大野牛之间发生了战斗。战斗中，一匹狼被踢飞了，从空中摔出 15 英尺远。另一匹狼被牛角钩住，被抛出了同样的距离。当道格到达现场时，一匹母狼已经受伤，躲进灌木丛中休养。后来，它被发现死在了那里，一条腿断了。想起我在 2001 年与戴夫·梅赫的谈话，我想知道它是否也可能受了内伤。被扔到空中的两匹黑狼恢复了。没有受伤的狼继续战斗，最终杀死了公牛。

猎杀野牛是一项危险的工作，但当马鹿因鹈鹕谷的深冬积雪而离开时，野牛通常是莫里斯狼唯一的猎物。大野牛的体重高达 2000 磅，当狼群接近时，它们通常会站在原地。因此，对于猎杀野牛的狼来说，体形大是一个优势，狼群需要尽可能多的大公狼。莫里斯公狼往往是公园里最大的狼。相比之下，马鹿是大多数狼群的首选猎物，它们会逃避狼群，这意味着狼群中有很多快速的狼是有优势的。想跑得快，就不能太重。

有一次，我在斯鲁溪看到一匹狼在追赶一头野牛。当狼从后面靠近时，野牛向后踢了一脚，结结实实击中了它的追兵。狼从空中飞过，完整地旋转了三百六十度，然后摔在了地上。狼马上爬起来，继续追赶野牛。还有一次，我看到五匹狼与一头母野牛和它的小牛对峙。母牛向一匹公狼发起了冲锋，公狼肚子一定是被牛角顶了一下，因为它被抛到了空中，首尾扭转。它很不幸地落在了母牛的头上。母牛把它甩了出去，它落到了地上。令人惊讶的是，这匹狼马上站了起来，似乎没有受伤，就像漫威电影中的超级英雄一样。几分钟后证据来了，它走向了附近的母狼，还试图与它调情。

3月21日是最初三批阿尔伯塔狼从适应围栏中放养的八周年的日子。三天后，3月24日，我们看到302号沿着拉玛尔谷的公路向东走去。它转向了北边，进入了德鲁伊峰狼的巢穴森林，然后我看不到它。我在西边看到了德鲁伊峰头狼夫妇和其他狼群成员，半黑没有和它们在一起，可能在巢穴里。如果是这样的话，302号会在那里和它碰面。马特·梅茨是利奥波德冬季研究小组成员，他后来告诉我，302号前一天和利奥波德狼群在一起。3月26日，马特发现302号回到了利奥波德狼群。也就是说，302号花了三天时间，跋涉55英里，就为了探视德鲁伊峰狼的巢穴。它这样做是为了检查与它交配过的德鲁伊峰母狼吗？

在3月底的时候，我看到了九匹德鲁伊峰狼。42号看起来怀孕了，三匹年轻母狼也是如此。4月1日，我看到302号在脚桥停车场附近的公路南侧躺卧着休息。我听说它早些时候从德鲁伊峰狼巢穴森林下来。这表明它曾试图探望在繁殖季节与它在一起的三匹母狼。然后我在附近的公马鹿尸体上看到了这些母狼和253号。302号并没有接近它们。相反，它在两个旧的德鲁伊峰狼猎杀点附近嗅了嗅，找到了一条马鹿腿，把它埋在雪堆里。我原以为它会试图与母狼团聚，但也许它是害怕253号。

三姐妹和42号一起驻扎在德鲁伊峰狼的主巢穴，这表明全部四匹德鲁伊峰母狼都计划在那里筑巢。差不多那个时候，我看到了玛瑙溪母头狼，它看起来怀孕了，251号也是，它现在回到了玛瑙溪狼群。到了2月底，我看到103号与113号交配。在交配过程中，黑色的母头狼跑过来扑向103号，但它已经来不及阻止这一行为了。113号很可能在其他时间与母头狼交配。所有这些都意味着113号在那个春天可能会有三窝幼崽需要照顾。新的斯鲁溪狼群的母头狼

217 号和晶石溪狼群的 106 号也都怀孕了。

302 号在 11 日回到了拉玛尔谷。它在玉髓溪聚集地附近嗅了嗅。后来，我在德鲁伊峰狼巢穴附近的公路北侧收到了它的信号。它发现了一个旧的猎杀点，并在那里拾取食物。四天后，我看到它去了德鲁伊峰狼巢穴森林。我在那里收到了 42 号和 255 号的信号，但没有收到 21 号和 253 号的信号。由于公狼已经离开，302 号可能与一些德鲁伊峰母狼会面。第二天，它又回到了利奥波德狼群中。这种模式持续了一段时间。302 号从利奥波德狼领地出行去德鲁德峰狼的巢穴区域，然后又返回家中。

4 月 16 日，21 号的项圈电池耗尽了。大多数狼项圈的电池可以使用四年，但这个项圈在它身上只使用了十四个月。德鲁伊峰狼还能用的项圈只剩下了四个：42 号、253 号、255 号和黑色幼崽 286 号。

有一次，我看到无线电项圈救了一匹德鲁伊峰母狼的命，它仰面朝天被一匹来自敌对狼群的大公狼攻击。它伸嘴咬住了它的喉咙，狼用尽全力的时候咬力高达 1500 磅。但母狼毫发无伤，因为大公狼咬的是母狼项圈上的电池组。这时它的弟弟跑了过来，攻击了袭击者，使它得以逃脱。

4 月 23 日，我看到半黑肚子下面的毛不见了，这表明它正在哺育幼崽。当天晚些时候，我看到 42 号也是同样的情况，并注意到它的乳头膨胀了。5 月初，255 号和 U 黑也出现了同样的迹象。在交配季节，这三姐妹都和 302 号在一起，我看到过它和 255 号以及半黑交配过，它可能也和 U 黑交配了。这意味着 21 号将在那个春天饲养自己的幼崽和 302 号所生的幼崽。

第十六章　养育幼崽

道格·史密斯在 4 月下旬进行了一次飞行，在斯鲁溪营地东边的一个巢穴点看到了斯鲁溪狼的头狼夫妇。他还收到了晶石溪公头狼的死亡信号，并在悬崖底部看到了它的尸体。两天后，道格·史密斯和丹·斯塔勒徒步走到现场，检查了它的遗体。道格告诉我，它似乎是被一头马鹿或野牛踢死的。它嘴里有血，左边有钝器伤。显然，它被踢得很重，以至于被抛到了空中，可能在落地时或之后不久就死了。在晶石溪狼群的创始公狼死亡后，300 号狼得到了头狼位置。它是一匹利奥波德狼，也是 302 的兄弟之一。

一头马鹿在德鲁伊峰狼巢穴的南边自然死亡，而一头灰熊则在狼群之前发现了这头马鹿尸体。傍晚时分，德鲁伊峰狼群的头狼夫妇、253 号和 U 黑一定是闻到了尸体的气味，所以它们直接去了那里。四匹狼跑了过来，包围了熊。21 号咬了熊屁股两次。在熊追赶 21 号的时候，其他狼啃食了马鹿尸体。当灰熊不再追赶时，21 号反而回到它身边，竖起颈毛并发出咆哮声。这激怒了熊，它又开始追它。21 号在骚扰熊的时候，两匹哺乳期的母狼和它的儿子正在大快朵颐。

熊多次冲向 21 号，试图用前爪拍打它，这一击可能会杀死它，但狼太灵活了，总是躲开击杀。沮丧之余，灰熊又回到了尸体旁，坐在上面，似乎料到德鲁伊峰狼们不敢轻举妄动。四匹狼围住了它。这头熊再次向 21 号挥爪。然后，当 21 号从一端撕下一块肉时，253 号也从另一端撕了一块。熊先是向这匹狼挥爪，又向那匹狼挥爪，但两匹狼都躲开了。21 号挑逗熊又追了它一次，这给了母狼们更多的时间来进食。

第二天早上，七匹成年德鲁伊峰狼出动捕猎了。它们发现了一个马鹿群，253号追着一头母鹿向山下跑去。它全力以赴地跑着，并未对两条受伤的腿有任何偏袒。21号也全速跑去，但竟然没追上它儿子。253号追上了母鹿，在它身边跑着，然后向它的脖子冲去。马鹿跳起来避开了攻击，并从253号背上跳了过去。253号再次追上马鹿，咬住了它的喉咙侧边。21号抓住了马鹿右边的肚皮。然后，42号跑过来，抓住了马鹿的屁股。母鹿倒下，但又设法站了起来。21号放开它的肚子，咬住它的喉咙上半截。两匹公狼合力将其压倒。255号和半黑跑了进来，很快所有的德鲁伊峰狼都在啃食捕杀的猎物。后来我看到253号的左后腿一瘸一拐的。我猜想，狩猎时，它没理会那条腿带来的疼痛，以便全速奔跑。当它不在捕猎时，它又变成了跛行模式，因为这样不那么疼。

第二天，我看到了斯鲁溪狼群的母头狼217号，表现出与它父亲21号在面对灰熊时一样的凶猛决心。我发现一头母山狮在斯鲁溪啃一头新杀死的马鹿。斯鲁溪狼的头狼夫妇和一匹灰色的公狼从它们的巢穴那边进入了这一地区。它们一定是闻到了尸体的味道，因为它们径直向它跑去。公头狼绕过狮子走去啃食马鹿尸体，狮子其实在看到狼群的时候已经离开了现场。但是217号有另一个计划。当狮子跑开时，母头狼在全速追赶它。这匹狼和那头狮子的体形和体重看起来差不多。在追逐的最初阶段，狮子跑得比狼快，但狮子没有那样的长距离耐力，很快217号就追上了它。

我往前看，距离马鹿尸体400码的地方有棵孤零零的树。山狮直接瞄准了那棵树，但217号现在就在它身后，而且还在不断缩小距离。当它离那棵树还有10英尺时，狮子以四十五度角跃起，用爪子抓住树干，迅速爬了上去。217号片刻后赶到。它跳到树旁的一块大石头上，抬头看了看狮子，狮子现在悠闲地看着它，确信狼抓不到它。知道没机会抓到对手了，217号回到马鹿尸体旁边，和另外两匹狼一起吃东西。三十分钟后，狮子跳了下来，消失在一片茂密的森林中。217号的巢穴就在不远处，这可能是它对狮子发起攻击的原因。

5月9日，我在地狱咆哮溪区域眺望台与马特·梅茨碰面，他带我看了晶石溪狼在西边的新巢穴，位于悬崖底部的缝隙中。那天早上，我们在那里看到了五只深色的幼崽。一匹灰色的一岁狼走了进来，给母头狼106号喂了一些肉吃。第二天早上，我看到它在给幼崽喂奶。不久之后，我在那个地方看到了七只幼崽。道格在5月15日做了一次飞行，发现106号已经把它的幼崽从悬崖底部移到了一个我们看不到的新巢穴中。

在那次飞行中，道格在马鹿溪地区收到了251号的信号。它似乎正在那里筑巢。在前一年与它的原生家庭德鲁伊峰狼群待过之后，它最终决定成为一匹玛瑙溪狼。玛瑙溪母头狼被戴上了项圈，分配为472号。基因测试证实它其实是一匹德鲁伊峰狼，于2000年由21号和40号所生。

5月中旬，我在位于斯鲁溪西边的一个郊狼窝发现了斯鲁溪狼。最近几周，郊狼一直在骚扰217号一家，看来217号是在报复郊狼。217号在巢穴入口处挖洞，公头狼和其他三匹狼防止郊狼攻击它。这个位置在斜坡上，巢穴通道水平进入山坡。217号反复进入洞穴深处，然后又退了出来。公头狼走过来看着洞口。现在洞口足够大了，它可以加入217号。217号出来的时候，嘴里叼着一只软绵绵的小狼崽，扔下它，又回到了窝里。不久它又带着第二只幼崽出来了。之后，斯鲁溪狼离开了这里。

那次事件后，一位郊狼研究者对这个狼窝进行了一段时间的监测，然后告诉我，没有成年郊狼回来过。2005年，斯鲁溪狼将这个废弃的狼窝作为自己育崽的场所。狼重新利用郊狼的巢穴并不罕见，这也不是我第一次看到母狼杀死骚扰它的郊狼幼崽。斯鲁溪狼群在这里占据了三个筑巢季，后来还有三个狼群在这里筑过巢。

和过去的筑巢季一样，21 号为德鲁伊峰狼巢穴的新幼崽运送食物是最努力的。5 月 18 日，我看到它从南边走来，它的肚子已经撑到快爆炸了，嘴里还叼着一条马鹿腿。它穿过了马路，进入巢穴森林不见了。

韦恩·肯德尔在马鹿溪地区发现了玛瑙溪母狼 251 号的巢穴，并数出有三只幼崽。他给我看了这个位置，我们在马路对面监视它。我们最多数到有五只黑色的幼崽。遗传分析表明，251 号是 21 号和42 号的另一个女儿。5 月 30 日，在亡幼丘上花了很多时间的狼观察员马克和卡罗尔·里克曼，第一次看到了德鲁伊峰狼巢穴里的幼崽。丹·斯塔勒飞过这里，报告说他看到了七只黑色的幼崽。他在玛瑙溪狼群的主巢穴里数到了八只黑色幼崽，那里是它们的母头狼 472号的据点。利奥波德狼的巢穴里有七只幼崽。黄石国家公园的狼又要开始新一季的育崽工作了。

5 月下旬，我在银门镇买了一个小木屋，搬出了我的出租屋。这是我有史以来拥有的第一个家。我现在还住在那儿。

那时，302 号主要是在黑尾高原与它的家人、利奥波德狼群在一起。6 月初，它走了 25 英里到拉玛尔谷，试图穿过公路到巢穴，但司机们在那儿停车，它又折了回来。八个小时后，它成功穿过了公路，并被看到进入了巢穴森林。302 号至少与两匹德鲁伊峰母狼交配过，所以它可能会遇到它生的幼崽。两天后，它回到了自己的狼群中。

那年春天，有一个关于捕食马鹿犊的研究项目，是由明尼苏达大学的研究生莎侬·巴伯负责的，她的导师是戴夫·梅赫。她的团队给三十一只马鹿犊戴上了无线电项圈。截至 6 月初，有八只马鹿犊被熊杀死，两只被狼杀死，一只被郊狼杀死。另一只马鹿犊溺水而死。这些数据显示，狼的捕食只占马鹿犊死亡的一小部分，还不到 17%。熊捕食的马鹿犊是狼的四倍。

我在拉玛尔谷遇到了犹他州野生动物资源部的一位捕猎管理员，他告诉我，在 253 号被郊狼陷阱夹住后，他曾经照顾过它。当时 253 号就在我们眼前，我们一边观察它，那个人一边跟我说，他的机构在狼周围安排了武装警卫提供保护，以避免它被人杀死。然后他们把它交给了美国鱼类和野生动物生物学家麦克·希门尼斯，他在黄石国家公园的南入口附近把狼放了。我们继续观察 253 号，犹他州的捕猎管理员没有再说什么，但我感觉到他很高兴看到这匹狼现在表现得这么好。

6 月 6 日，丹做了一次追踪飞行，在地狱咆哮溪的上游收到了 105 号的死亡信号。在之前的飞行中，它就在这一地区，附近还有玫瑰溪狼群。105 号的水牛角狼群，已经占领了原来玫瑰溪狼群的部分领地，这两个狼群之间可能发生了冲突。丹和马特徒步走到那儿，找到了 105 号。它身上的伤表明它是被其他狼杀死的。它正在哺乳期，不过它的幼崽在发育的这个阶段已经开始吃肉了，所以在狼群其他成员的帮助下，它们有望存活下来。

6 月 12 日，我达成了整整三年每天清晨出去寻找狼和研究狼的工作，那是连续 1095 天。几天后，我看到 21 号和 253 号正在德鲁伊峰狼巢穴旁看管幼崽。在狼妈妈休息的时候，这两匹大公狼承担了照看孩子的责任。

在丹 6 月 26 日的飞行中，他在丹雷文山口西边收到了玛瑙溪母狼 251 号的死亡信号，那是在它的巢穴东南方向。我们希望是它的项圈掉了，它没事。马特和另一位"狼项目"的工作人员徒步走到了那里，发现了它的遗体。可能是一头灰熊或狮子杀了它，吃了它，然后埋了它的尸体。它身上已经不剩肉了，毛皮被撕开，头上还有一个被大牙刺穿的伤口。这是这一年夏天被杀死的第二匹母狼，我们又一次怀疑幼崽是否能活下来。

在丹的下一次飞行中，他在德鲁伊峰狼巢穴看到了十二只幼崽。第二天，我爬上了亡幼丘，观察了一下这一地区。一岁狼286号带着六只黑崽和三只灰崽从树林里走了出来。其中一只灰崽和两只黑崽明显比其他幼崽大得多。我们仍然不能完全确定是四只育龄母狼中的哪一只产下了幼崽，以及幼崽是在哪里出生的，是在德鲁伊峰狼的巢穴还是在路南的其他巢穴。

有一天，我和一位男士以及他的妻子一边看着德鲁伊峰狼群，一边聊天。他们刚刚开车经过附近的一个西部州，遇到了一个当地人，这个人详细地阐述了他对狼的厌恶。他说，每匹狼每周要杀死并吃掉二十七头马鹿。

道格·史密斯告诉我，我们在黄石国家公园的研究估计，一匹狼每年需要十四至二十二头马鹿，包括成年马鹿和马鹿犊。这些马鹿可能是狼群杀死的，也可能是其他捕食者杀死的，或者是自然死亡的。黄石国家公园有大量的野牛，成年野牛以一定规律由于自然原因死亡。一头公牛或母牛相当于三头或更多的成年马鹿。那个关于狼每周杀死二十七头马鹿的故事，是一个把狼的错误信息到处传播的例子。我反驳的最好方式是向人们展示公园里的狼群，并讲述它们的故事。

7月1日，我看到六匹德鲁伊峰成年狼，包括21号和42号，离开了巢穴区。在它们穿过公路向南走去后，八只幼崽出现在公路上方的斜坡上。它们很警惕，不敢沿着老狼们的路线走。几辆汽车驶过来，幼崽们跑回了巢穴森林。一小时后，成年狼去了玉髓溪支流。两小时后，道格飞过该地区，在欧泊溪聚集地，标本岭的高处，接收到了德鲁伊峰狼的信号。第二天一早，我收到的所有信号都进巢穴里了。成年狼一定是出去狩猎了，把幼崽留在了巢穴里。

7月3日早上五点二十二分，我在公路南边发现了德鲁伊峰母狼 255 号和七只幼崽。它们在苏达布特溪的北侧。幼崽们发出了轻微的尖叫声，这表明它们很紧张。255 号越过溪流向南走去。幼崽们拒绝跟过去，所以它又回来了。其中一只灰色的幼崽滑入水中，被湍急的水流冲走了。255 号跃入小溪，游到幼崽身边，这截断了水流在幼崽身上的冲力。两匹狼都游到了溪流中间的一个碎石条上，爬了上去，然后轻松穿过了浅水区，来到南岸。它们向西走去，其他六只幼崽看着它们，仍然害怕进入小溪中。

255 号掉头回到其他幼崽那里。第一只灰色幼崽继续独自向西走。向幼崽们打完招呼后，255 号又涉水而行，但没有一只幼崽跟上来。它回来后试图叼起一只幼崽，打算咬着它游过去，但这对它来说似乎太重了。

它走到远处的岸边，回头看了看幼崽们。一只黑色幼崽踏入水中，然后停了下来。另一只向溪边走去，一只幼崽开玩笑地抓住它的尾巴，把它拉了回来。六只幼崽紧张地叫了起来。有几只游了过去，涉水朝向 255 号，但有一只被水流冲走了。255 号在南岸追赶它，伸手抓住幼崽，把它拖出水面。其余的幼崽也紧跟着安全渡过。然后，255 号沿着第一只渡河的灰色幼崽的气味足迹向南走去。其他六只幼崽排成一队跟着它。

很快，255 号到达了拉玛尔河的东岸，这是一个比小溪更宽、更深的水体。它涉入水中，向西岸游去。幼崽们都没有跟上来。255号回到它们身边，带领它们继续向南走到一个浅滩。它在那一段涉水游泳，但幼崽们还是不肯下水。

我注意到，在七只幼崽中，有三种不同的体形：小、中和大。这表明在这个小分队中至少有三窝幼崽。在主巢穴看到了另外五只幼崽，还有一窝幼崽可能是在聚集地的巢穴里出生的。

255 号多次尝试把幼崽们带过河，但反复失败。幼崽们向北跑去，到达了苏达布特溪。一只小黑崽开始向北游，但在湍急的河水中挣扎起来。255号跳入水中，与幼崽并肩而行，阻挡了强劲的水流，使其不被卷走。它试图用嘴抓住它，但这只坚定的幼崽没有理会它，径直向对岸游完了剩下的路。看到这只幼崽成功了，其他幼崽也跟着它的路线游了过去。它们向北穿过了道路，回到巢穴森林。但第一只灰色幼崽仍在外面，在小溪南边的某个地方，独自待着。第二天早上，我在玉髓溪聚集地看到了那只失踪的灰色幼崽和两匹黑色的成年狼在一起。它必须游过拉玛尔河才能到达那里。其他五匹成年狼，包括头狼夫妇和255号，也与它们会合了。42号和其他成年狼在与幼崽一起玩耍。

我向西行驶，看到302号在路上行走着。这已经成了它的一个习惯。从黑尾高原的家庭到拉玛尔谷有25英里的路程，这条路对它来说更容易。它很快就转向了北方，朝德鲁伊峰狼巢穴森林走去。我听到幼崽们在那里嗥叫。我得到报告说，半黑和五只幼崽在巢穴里出现了。我看到302号进入了巢穴森林，接近半黑被看到的地方。

二十二分钟后，我发现21号从南边向巢穴森林走去，直接向302号的可能位置走去。我检查了一下，从那里得到了一个302号的强烈信号。我想象着21号发现了302号并向它冲去。十七分钟后我又做了一次检查，没收到302号的信号。后来，我在东面找到了它。看来它又一次从德鲁伊峰狼的头狼那里逃走了。

那天晚上，我在玉髓溪聚集地发现了302号。一只孤独的灰色幼崽一直跟着它，说明它认识并信任302号。我看到黑色的一岁母狼286号躺在附近。302号摇着尾巴向它走去，它闻了闻286号，286号冲它叫了一声。之后，它跟着这只幼崽在附近转悠。302号闻了闻它，它们就一起趴了下来。

然后我听到21号、42号、半黑和灰色一岁狼刚从巢穴下来，正朝聚集地走去。半黑和灰色一岁狼先到了那里，与302号友好地重逢。我向东扫视，发现21号向302号冲去。302号看到21号，然后就跑了。21号和两匹母狼追着302号跑。它逃脱了，回到了利奥波德狼的领地。我过去曾质疑过302号的责任感和使命感，但现在可以看到，它正努力在德鲁伊峰狼群中探望可能是它所生的幼崽。

第二天早上，7月5日，聚集地有六只幼崽（两只黑的和四只灰的）。成年狼一定是在晚上把新的幼崽带到了那里。六匹成年狼和它们在一起。42号、286号和半黑很快就回到了马路对面的主巢穴，我看到它们和其他六只幼崽（四只黑的和两只灰的）在一起。两个地方加起来有十二只幼崽。

42号带头走到路边，主巢穴的四只幼崽跟着它。看来它是想把这个家庭巩固在聚集地。它穿过马路，继续向南走，但是幼崽们在路上徘徊。42号叼起一根棍子，又向幼崽们走回来。它们跑向它，以为可以从它那里偷走棍子。那是早上六点四十六分。它把它们带到了小溪边。42号有多年带幼崽穿过小溪和河流的经验，它知道如何诱使幼崽跟着它走。

它尝试了很多次，但使用了一系列不同的棍子，42号引诱幼崽们穿过苏达布特溪，然后穿过更宽的拉玛尔河。当幼崽们在过河尝试时望而却步，她就会拿着不同的棍子回到它们身边，给它们看。幼崽们被新玩具吸引了，就会跟着它跑，在意识到发生了什么之前，它们又一次进入水中跋涉或游向它。早上九点零七分，已经有四只幼崽在河的西边了。母头狼花了两小时二十一分钟完成了任务。现在十二只幼崽中有十只已经在聚集地了。

一些幼崽后来又重新过了河，42号耐心地把它们围了起来，并把它们带回了聚集地。到7月6日下午，聚集地有七只黑色幼崽和两只灰色幼崽。另外三只幼崽在巢穴森林中。第二天晚上，南边的九只幼崽中有八只跟随42号和255号进入玉髓溪流域。一只灰色的雌性幼崽留在了聚集地。在过去的几年里，我曾看到其他幼崽留在那片草地上，自生自灭。如果有足够的田鼠和蚱蜢供它们捕食的话，狼崽可以自己生存一段时间。

六匹成年狼，包括头狼夫妇，于10日返回山谷。它们在聚集地西边发现了一头生病的野牛，于是杀了它。42号和U黑去找停留在聚集地的灰色幼崽，喂了它。半黑和21号后来也给幼崽反刍。狼群很关心这只幼崽，并很好地照顾这只意志坚强的小母狼。

两天后，302号回到了拉玛尔谷。它在那天早上去了巢穴森林，然后在晚上出现在了聚集地。302号发现了那只孤独的灰色幼崽，并跟着它进了树林。第二天早上，302号离开了，但幼崽还在那儿。那一天，丹进行了飞行，在欧泊溪聚集地发现了21号、42号和其他带项圈的德鲁伊峰狼。他看到至少五只幼崽，而且相信在树林里有更多幼崽。

7月17日，21号和三匹成年黑狼返回山谷，啃食野牛尸体。后来，21号去了聚集地，给了灰色幼崽一些肉。它已经在那儿待了一周了。然后它向玉髓溪走去，这条路线可以把它们带到欧泊溪上游的其他狼群成员那里。幼崽跟着它，我在树林里把它们跟丢了。后来，其他成年狼也走了同样的路线。这个家庭的所有成年狼和幼崽很快就会在位于高海拔地区的夏季狩猎场上聚在一起。对德鲁伊峰狼群和它们的头狼夫妇来说，今年看来是个好年份。

第十七章　共存

　　既然狼群已经离开了山谷，我们"狼项目"的几个人来到了德鲁伊峰狼在 7 月 10 日杀死的野牛尸体旁，发现那是一头一岁的母牛。一条后腿下部的跖骨断了，就在蹄子上面。它似乎是在早些时候断裂的，部分已经愈合了，后来在与狼群的搏斗中再次断裂。腿伤使这头母牛很容易被狼捕食。绝大多数野牛都强壮健康，狼是无法将其击倒的。那具尸体每一口可食用的部分都被吃掉了。

　　几天后的清晨，我收到了 302 号来自拉玛尔谷的信号，但没有看到它。信号逐渐向西消失。我猜想它趁夜间去了德鲁伊峰狼的巢穴和聚集地，但没有找到任何狼，现在正返回它的家族领地。我开车向西行驶，在塔楼路口以西几英里处发现了它。第二天早上，我在利奥波德巢穴地区收到了它的信号。

　　德鲁伊峰狼群在 7 月下旬又回到了玉髓溪聚集地。有四匹成年狼（21 号、42 号、253 号和 255 号）和八只幼崽：四灰四黑。21 号与一只黑色的幼崽在一起玩耍，然后与一只灰色的幼崽争吵。后来它和三只幼崽在一起，假装要从它们身边跑开。它跑得很慢，这样它们能追上它。另外五匹成年狼很快就到了。加上最初的四匹成年狼和八只幼崽，总共有十七匹狼。第二天，第五只黑色幼崽加入了这个群体。现在可以数清幸存的幼崽了：五黑四灰。后来，253 号与一只幼崽分享了一块骨头。两匹狼同时咀嚼着骨头的两端。

　　那天我看到了一些新的东西。一岁狼 286 号叼着一只沙丘鹤的雏鸟回到了聚集地，一只小黑崽和一只大得多的幼崽向它跑来。小黑崽首先到达 286 号身边，抓起猎物，带着它飞奔而去。大狼崽追着小狼崽，试图偷走那只鸟，但小黑比它的兄弟姐妹跑得快，把那只鹤占为己有了。

8 月，302 号继续它的生活模式，与西边的利奥波德狼群一起，然后向东行进到拉玛尔谷。我在 2 日收到过它的信号，来自它自己家的地盘；然后在 4 日，我看到它独自在玉髓溪。次日早上，我在聚集地看到了八匹德鲁伊峰成年狼和所有九只幼崽，而且我仍然收到了 302 号在这一地区的信号。韦恩·肯德尔在东边的亡幼丘上发现了它。德鲁伊峰狼嗥叫的时候，302 号向那边看去。

6 日，302 号在德鲁伊峰狼附近的玉髓溪聚集地。它从远处看了它们一个小时，然后朝利奥波德的领地走去。我思考着它是如何不断地冒着生命危险接近德鲁伊峰狼们的。在任何时候，21 号和 253 号以及其他成年狼都可能追赶并抓住它，然后狠揍它。它一定是感觉到九只德鲁伊幼崽中有一些是它的，出于父亲的本能去看望它们。

我和黄石国家公园研究中心的一位教员谈过，他告诉了我他最近一次的背包旅行。在欧泊溪聚集地附近，他发现了一具灰色幼崽的尸体，被熊吃掉了一部分。他无法判断是熊杀了幼崽还是发现了幼崽的尸体。那一定是一只属于德鲁伊峰狼群的失踪幼崽。

8 月 20 日，我在紫晶溪附近的拉玛尔谷发现了斯鲁溪狼群，离德鲁伊峰狼的玉髓溪聚集地只有 2 英里。这群狼有十二匹：五匹成年狼和七只幼崽。狼群在那里停留，并把该地区作为聚集地。8 月 26 日，一头大野牛在那附近自然死亡。当天晚上，斯鲁溪狼群的三匹成年狼啃食了它。炎热的天气里，狼群继续以这具巨大的尸体为食，持续了许多天。

据我们所知，狼通常不会因为吃了变质的肉或动物而生病或死于感染性疾病。狗被归类为酸性胃，而生活在野外的狼的胃可能至少和狗的胃一样是酸性的。这会让肉快速消化。狼和狗的消化道比人类短，可以快速吸收营养物质，并且使得废物快速通过消化道。这个过程将肉中细菌感染狼的几率降到最低，因为它的通过效率太高了。

30日，七匹德鲁伊峰成年狼来到了大野牛尸体旁边。21号和42号做了很多气味标记，可能是为了覆盖斯鲁溪头狼夫妇的标记点。253号带着九只幼崽留在玉髓溪聚集地。斯鲁溪狼在尸体西南几英里的地方游荡、嗥叫，但德鲁伊峰狼们似乎没有听到。后来大部分德鲁伊峰狼回到了它们的聚集地。两匹一岁狼286号母狼和灰色母狼则留在了现场，继续啃食。

斯鲁溪狼群的一匹黑色母狼走近尸体，没有意识到两匹德鲁伊峰狼在那里。当它走得更近时确实看到了它们。斯鲁溪母狼蹲下身子，接近了286号，它以支配的姿态站着。黑色母狼走过来之后卧倒，并且在286号的身下躺着扭动，表示承认它的支配地位。灰色一岁狼走过来，也站在它的上方。斯鲁溪狼跳了起来，向286号打了个顺从的招呼。之后，它爬上了巨大的野牛尸体进食。狼群之间的互动表明，黑色的斯鲁溪母狼曾是德鲁伊峰狼群的一员，因此是286号和它妹妹的亲戚。后来，又有三匹德鲁伊峰狼来到这里，包括255号和半黑，它们也接受了它。斯鲁溪狼进食之后回到了它的狼群，反刍给了其中一只幼崽。

9月的第一天，五匹斯鲁溪成年狼和四只幼崽待在紫晶溪的西边。全部九匹德鲁伊峰成年狼都在野牛尸体上。斯鲁溪成年狼们向尸体走去，四只幼崽跟在后面。当它们走得更近时，斯鲁溪成年狼在母头狼217号的带领下，向现场跑去，期待着一顿大餐。幼崽们也跟着。

一匹德鲁伊峰狼一定看到了斯鲁溪狼，因为它向接近的狼群冲去。其他德鲁伊峰狼也跟着它跑。五匹斯鲁溪成年狼的反应是直接冲向它们。217号在接触到它的原生家庭之前就转向了。团队中的其他四匹成年狼继续向前奔跑，跑到了九匹德鲁伊峰狼的中间。当它们意识到自己在数量上吃亏时，它们散开了。狼群来回奔跑，其中有两匹打了起来。在冲突中，21号紧紧地靠着42号，似乎在保护它。

混乱中，德鲁伊峰狼们集合到了一起。然后它们发现了217号，并全力以赴地追赶它。它们本可以抓住并杀死它，但它们突然收手让它离开了。然后它们追赶公头狼261号，但也放它逃跑了。21号的目标是一匹成年灰公狼，追赶它，然后又中断了追赶。看来21号和它的狼群在看到其他狼跑开后就心满意足了，没有再继续追赶它们。

在对峙过程中，狼群的九只幼崽仍然留在聚集地。与286号相遇的那匹黑色母狼似乎是前德鲁伊峰狼群的成员，它徘徊在那个区域，四处嗅着。幼崽们向它跑去，母狼则从它们身边跑开。幼崽们可能认为这是从尸体上给它们带来食物的德鲁伊峰成年狼。当黑狼停下来面对幼崽时，幼崽们围着它，摇着尾巴。它走了，它们也跟着走。母狼再次停下来，它们围着它。其中一只幼崽试图舔它的脸，希望能得到反刍喂食。黑色的德鲁伊峰一岁公狼小跑着进入聚集地，幼崽们又跑向它。它反刍了肉给它们。斯鲁溪母狼向它走去，两匹狼亲戚进行了友好的会面。幼崽们随后跑过去舔它的脸。后来它走到尸体旁，与其他德鲁伊峰狼相遇。它在它们身下的地上打滚，然后站起来在旁边嬉闹，德鲁伊峰狼们则对它摇尾巴。

德鲁伊峰狼似乎与斯鲁溪狼达成了理解，类似于它们与玛瑙溪狼的共识。其他这些狼群都是由一匹前德鲁伊峰母狼领导的，所以这三个狼群都有亲戚关系。我还感觉到，这三个狼群的公头狼——21号、113号和261号——觉得自己的位置很安全，对于是否需要与敌对狼群作战有很好的判断。

当天晚上，德鲁伊峰成年狼带着它们的九只幼崽来到野牛尸体旁，但幼崽们似乎对接近野牛尸体这件事犹豫不决。这可能是它们第一次来到如此巨大的尸体旁。它们会小心翼翼地接近现场，嗅一嗅，再退开。有的咬住一条腿，好像在试探这头动物会不会跳起来攻击它们。到了第二天早上，这些幼崽们已经克服了恐惧，正在快乐地进食。

9月5日，302号回到了拉玛尔谷。它一定是闻到了野牛尸体的气味，因为它马上就到那边去了。德鲁伊峰一岁母狼286号正在接近现场，302号看到它就跑了。它是匹黑狼，所以它可能把它误认为是21号或253号了。我在7月时曾观察到它们一起回来，所以它们以前是见过的。302号很快又回来了，286号俏皮地在它身边跳来跳去，302号向它摇着尾巴。然后302号闻了闻它的脸，舔了舔它的嘴。之后，286号反复地跳到了302号背上。它们一起跑开了，我在树林间把它们跟丢了。302号仍然拥有使女性对它趋之若鹜的本事。

第二天早上，我看到302号在拉玛尔谷和春天与它交配过的两匹母狼一起出行——255号和半黑——还有一个新的伙伴，灰色的一岁母狼。255号把四匹狼的队伍带去了聚集地。当它们到达时，没有看到其他德鲁伊峰狼。302号停下脚步，环顾四周，然后跑开了。过了一会儿，我看到21号从树林间走了出来。它在跟踪302号。我也跟着302号，它走得更远了，然后趴下，从远处观察德鲁伊峰狼们。然后它起身回它父母的领地去了。

七天后，302号回到了拉玛尔谷，与255号友好地会面了。次日早上，它已经在回黑尾高原的半路上了。这已经成了它的固定模式：走25英里到拉玛尔谷，拜访一些德鲁伊峰母狼，检查幼崽，然后回家。它总是避开21号和253号。我不得不为它在维护与母狼和幼崽的关系方面所付出的努力点赞。

10月10日，卡罗尔·里克曼打电话告诉我，她在斯鲁溪南边发现了狼群。我去找她，看到一匹灰色的母狼和两只黑色的幼崽。它们正专注地看着东南方向。不久，我发现302号和一匹黑色母狼正从那个方向走来。它们与灰色母狼和幼崽一起。302号似乎在讨好黑色母狼。后来，灰狼似乎把黑狼赶走了，最终302号与它和两只幼崽一起。它们都去了拉玛尔谷原来的野牛尸体那里，在剩余的残渣中寻找食物。两只幼崽与302号相处得很好。它们可能已经认识它了。母灰狼则与302号在调情。

几天后，302号和它新组成的群体出现在塔楼路口以西1英里处的马鹿溪地区。母狼251号出生在德鲁伊峰狼群中，后来在玛瑙溪狼群中待了一段时间，曾在附近筑巢，我们在那里看到过它和五只黑色幼崽。它在6月底去世了，显然，这匹灰色母狼一直在照顾那两匹母狼去世后幸存下来的幼崽。由于这匹灰色母狼没有项圈，我不知道它是哪个狼群的。我曾经猜想，302号认识德鲁伊峰狼群以外的其他狼群的年轻母狼，而这匹未知的母狼似乎证明了这一点。我想知道，在302号成年后经历的两个交配季中，它曾与多少匹母狼缠绵过。由于它的注意力维持时间似乎很短，所以可能很多。

10月下旬，德鲁伊峰狼追赶两头大公马鹿。公马鹿停下来面对狼群。当德鲁伊峰狼走近时，最近的一头公马鹿低头，用它的鹿角向最近的狼扑去。它多次向狼群发起冲刺，试图将它们撕碎，但狼群设法躲开了所有冲刺。几年前，我检查过一匹死亡的德鲁伊峰狼，它的胸口有一个鹿角的伤口，所以我知道这些冲刺是多么致命。

我早年在黄石国家公园的时候，听说有一个人在拍照的时候离一头大公马鹿太近。当时正值交配季，那头公马鹿处于攻击状态。它冲向了那个人，低头，用它巨大的鹿角架向前冲去。那个人背靠木质围栏，无法躲避这一冲刺。鹿角张开的角度是如此之大，以至于每一边的每个角最后几乎都卡在了那人左右两边的栅栏上。故事就这样结束了，我不知道那个人是怎么逃走的，是不是趁着公马鹿挣扎着把它的鹿角从栅栏上解下来的时候。

　　与野牛和大角羊的角不同,鹿角会在深秋脱落,在早春重新生长。脱落的鹿角可以作为装饰品出售,黄石国家公园的管理员经常抓到试图带着偷来的鹿角溜出公园的人。有一天,我在拉玛尔谷上方的山脊上寻找狼群,看到一个人正在捡拾鹿角,并把它们藏在靠近公路的茂密灌木丛中。他很可能打算在没人注意的时候把它们放到他的车里。我用公园的无线电向当地管理员报告了这一情况,他抓住了那个人。当管理员给他开罚单时,那人问他们怎么知道他的所作所为的。为了保护消息来源,也就是我,管理员抬头看了看天空,随便指了一个地方,然后说:"看到上面的卫星了吗?"那人抬头看向那边,点了点头。

　　10 月 28 日,302 号仍与母灰狼和两只黑色幼崽在一起,已经十八天了。对 302 号来说,这可以算是长期关系了。

　　在这个月的最后一天,我发现德鲁伊峰狼群回到了拉玛尔谷。253 号的左前爪严重跛行。它在犹他州被钢制陷阱夹住的是右前爪,所以这是一个新伤。尽管带着这样的阻碍,但第二天早上它还是领导着狼群。它在行进过程中大部分时间都让左爪离开地面。当它休息时,它舔着左爪。这是它第三条受伤的腿。

　　那天我得到一个报告,德鲁伊峰狼挖出了一具野牛尸体,可能是被山狮埋下去的,因为它们习惯于用泥土覆盖猎物。狼把尸体拉到空地上,在进食时经常抬头看看附近的一棵树。它们肯定是看到过狮子在那儿等着它们离开。

　　11 月 9 日,德鲁伊峰狼回到了 8 月 26 日死亡的野牛尸体旁,在这具已经死了有十周的尸体上继续啃渣子。那里没留下什么肉了,所以它们主要是在啃骨头。九个小时后,当它们离开时,253 号跟上了其他狼,但在行走时,它的左前爪还是不接触地面。直到 12 月底,这只爪子才愈合到能在大部分时候支撑体重。

21 号和 42 号在 11 月的第三周进行了几次调情。21 号把下巴放在 42 号背上,然后 42 号在地上打滚又嬉闹着踢向 21 号。当 42 号站起来时,它对 21 号摇了摇尾巴。它俩现在都已经八岁半了,按人类年龄计算约为六十八岁,彼此之间仍然感情深厚。

道格那天做了一些无线电项圈的工作。他去追晶石溪狼,用飞镖击中了三匹狼。其中一匹是黑色的成年母狼。当道格从直升机上下来处理它时,他发现它躲在一块巨石下。事实证明,飞镖没有进入它的身体,所以道格用手直接把新的飞镖刺入它的身体,然后在药物起作用时给它戴上了项圈。

12 月 8 日,我在马鹿溪地区看到 302 号和母灰狼以及两只幼崽在一起。302 号和母狼在一起已经近两个月了。玛瑙溪狼群就在附近。第二天早上,道格做了一次飞行,用无线电告诉我,他在那个地区发现了两个狼群,彼此很接近。我在那儿看到了一具新的马鹿尸体,在路南。道格补充说,他已经好几个月没有收到 103 号的信号了,也没有看到它。后来我查看了我的记录,发现最后一次见到它是 10 月 5 日和玛瑙溪狼在一起。三周后,我发现 103 号离开了狼群,而我最后一次收到它的信号是在 11 月 11 日。如果它还活着的话,已经超过六岁半了。如果不算它,玛瑙溪狼群现在有十名成员。

"狼项目"的初冬研究已经开始了。12 月 11 日我离开马鹿溪地区后,正在观察晶石狼群的蒂姆·哈德森和莉萨·特纳看到 302 号的队伍去了马鹿尸体那边。这四匹狼啃了四十五分钟,但看起来很紧张,可能是因为它们闻到了这一地区玛瑙溪狼的气味。302 号和母狼离开了,但两只幼崽在继续进食。突然幼崽跑开了,工作人员看到九匹玛瑙溪狼在追赶它们。当狼群离开视线时,幼崽和追赶的狼群只有 10 码的距离。十分钟后,玛瑙溪狼又回到了视野中,并发出了群嗥。

然后工作人员听到公路北边传来了嗥叫声。这种声音是由遇险

的狼发出的。那匹灰色的母狼进入了视野。它可能已经感觉到幼崽
们遇到了麻烦。302 号没有和它在一起,晶石溪的工作人员也无法
收到它的信号。后来,他们在西边半英里处的路上,发现了一只独
狼在新雪中的足迹。这些足迹表明,这匹狼正从玛瑙溪狼群所在处
向远方跑开。由于在北边可以看到灰色的母狼,这些足迹一定是
302 号留下的。

两天后,丹·斯泰勒打电话给我,他那天做了一次飞行,看到
302 号和灰色母狼在该地区以西 5 英里的地方。没有幼崽和它们在
一起。晶石溪工作人员发现,玛瑙溪狼群已经杀死了其中的一只,
我们也没再见过第二只幼崽,所以可能也死了。这意味着,251 号
的幼崽没有一只活下来。

丹正在洛杉矶加利福尼亚大学完成关于狼遗传学的博士论文。
他的团队分析了从死去幼崽的身上提取的 DNA 样本,发现它的父
母是 251 号和 302 号的弟弟 301 号。我从来没有在 251 号的巢穴位
置看到利奥波德兄弟走动,也没有在那里得到过它们的信号,所以
在 251 号死之前,在帮它带孩子这件事上,它们很可能做得很少或
什么也没做。

我不得不得出结论,当玛瑙溪狼追赶幼崽时,302 号,这个小
群体中实际的公头狼和幼崽的叔叔,通过逃跑来拯救自己。公狼最
基本的责任是保卫自己的狼群,302 号却多次无法履行这一职责。
有一段时间,我曾想过将 21 号和 302 号之间的关系比作蝙蝠侠和小
丑之间的关系,但后来我想到了一个更好的比喻:在超人漫画中,
有一个叫比扎罗的角色,他企图成为超级英雄,他也拥有超人的所
有能力,但他的行为总是与超人完全相反。这就是 302 号,一匹与
21 号正好相反的狼。

当我与公园访客聊起 302 号的时候,我发现必须仔细斟酌用词。
人们喜欢它性格中坏男孩的一面,如果我对它的行为有什么负面评

价，他们很快就会为它辩护，说什么"但它不是故意的"或"但它已经尽力了"。

那段时间，斯鲁溪狼群的领导发生了一个变化。217 号，最初的母头狼，现在从属于一匹没有项圈的母黑狼。我们认为那匹黑狼和 217 号一样，来自德鲁伊峰狼群。

12 月 15 日，加拿大野生动物摄影师道格·丹斯在斯鲁溪南边发现了 302 号和它的灰狼同伴。半黑在旁边。302 号向它走去，它们的会面非常友好。母灰狼对这个新的对手犹豫不决，保持着距离。当 21 号出现在现场赶走了 302 号时，302 号和半黑之间重新燃起的关系被打断了。

但正如我以前所看到的，21 号无法控制它的女儿们。很快，半黑就回到了 302 号身边，它的妹妹 U 黑也和它们在一起。三匹狼一起玩耍时，母灰狼没有加入。U 黑后来回到了德鲁伊峰狼群，就像它前一年所做的那样，而半黑留在了 302 号身边。看来 302 号已经被母灰狼放弃了，此后我们再也没有看到它们在一起。第二天，255 号与 302 号团聚了。21 号再次冲过去的时候，它又跑走了。

次日早上，当德鲁伊家族的成年狼离开玉髓溪聚集地时，302 号去看了看那里的五只德鲁伊狼幼崽，并对它们摇着尾巴。幼崽舔了舔它的脸，跳到它身上。成年德鲁伊峰狼的大群发出嗥叫声，302 号和那些幼崽也发出嗥叫声回应。幼崽们离开了，302 号跟着它们。当它们累了，它就和它们一起趴下。这表明它有某种意识，也许是为父的意识，它应该帮助照顾它们。

后来，当德鲁伊峰狼大群到达聚集地，与幼崽们会合时，302 号跑开了。我看到它在远处，趴下来看着。253 号向它冲过去，其他德鲁伊峰狼跟在它身后，302 号飞奔而去。这是一个看了令人感慨的时刻。302 号似乎想和这些幼崽建立联系，但它过去的行为引起了 21 号和 253 号的反感，把它赶走也是可以理解的。

接下来的日子，我们频频看到 302 号和 21 号的三个女儿在一起：255 号、U 黑、半黑。当它没和它们在一起时，它经常在德鲁伊峰狼群附近，多次嗥叫，似乎是为了和那些母狼联系。它还经常来看望幼崽。当一只灰色的幼崽与 302 号相遇时，它舔着 302 号的脸，兴奋地在它面前上蹿下跳。后来，这只幼崽向 302 号做了一个游戏邀请鞠躬，希望能开始玩一阵子。但 302 号对旁边的 U 黑更感兴趣，两匹成年狼在一起玩了很多游戏。21 号和 253 号多次试图抓住302 号并揍它，但它总能设法溜走。这一年的最后一天，我在黑尾高原地区收到了 302 号的信号。它又和 21 号的女儿们短暂分手了。

我把德鲁伊峰狼群和相邻的四个由前德鲁伊峰狼担任母头狼的新狼群的总数量加起来，一共有五十二匹狼。

2003 年底，"狼项目"估计整个公园十四个狼群，共有一百七十四匹狼。这也达到了黄石国家公园有史以来狼数量最多的时候。原来的狼，也就是公园里的狼被消灭之前，大约是一百匹。2000 年狼就恢复到了这个水平，然后逐渐上升到 2003 年的最高密度。此后，狼的数量呈下降趋势，到 2009 年趋向于在一百匹附近徘徊。狼的数量会超过一百匹，是在公园的马鹿数量超过公园的承载能力时。当马鹿数量下降到一个更可持续的水平时，狼的数量也就恢复到了长期的平均水平。

第五部

2004年

领地地图

黄石狼群领地
2004年

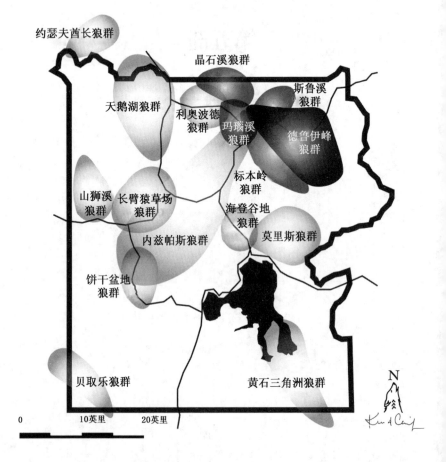

约瑟夫酋长狼群

晶石溪狼群

斯鲁溪狼群

天鹅湖狼群

利奥波德狼群

玛瑙溪狼群

德鲁伊峰狼群

标本岭狼群

山狮溪狼群

长臂猿草场狼群

海登谷地狼群

内兹帕斯狼群

莫里斯狼群

饼干盆地狼群

贝取乐狼群

黄石三角洲狼群

N

0   10英里   20英里

狼群成员

在一个自然年中，狼群的规模有增有减。这些图表显示了任意一年的主要狼群成员。M=公狼，F=母狼。星号（＊）表示被认为已经有自己巢穴的母狼。从其他狼群加入的狼，第一次出现时，在括号内标出原狼群。正方形表示成年狼和一岁狼。圆圈表示幼崽。

德鲁伊峰狼群

225F 与三匹流浪公狼交配，离开狼群生下自己的幼崽。在幼崽无一存活后，它返回了德鲁伊峰狼群中。

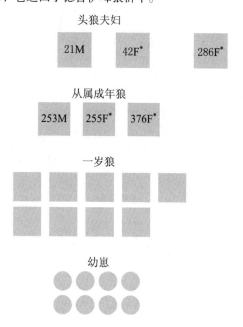

标本岭狼群，建立于 2004 年

头狼夫妇

194M
（玫瑰溪狼，后成
为莫里斯狼）

U黑*
（F）
（德鲁伊峰狼）

从属成年狼

幼崽

斯鲁溪狼群

头狼夫妇

261M

无项圈
（F*）
（德鲁伊峰狼？）

从属成年狼，一岁狼，2003年的幼崽

377M　378M　379M
（莫里斯狼）（莫里斯狼）（莫里斯狼）

（以2004年为准）

2004年幼崽

独行公狼

302号	302号的兄弟	灰狼	大黑	480号
（利奥波德狼）	（利奥波德狼）	（天鹅湖狼）	（莫里斯狼）	（利奥波德狼）

目睹与 302 号在一起的德鲁伊峰母狼

U黑	半黑	255号	286号	376号
（德鲁伊峰狼）	（德鲁伊峰狼）	（德鲁伊峰狼）	（德鲁伊峰狼）	（德鲁伊峰狼）

无项圈灰狼

（未知）

第十八章　1月

2004年1月，德鲁伊峰狼群的数量仍为十七匹，包括九只幼崽。六只幼崽被抓获并戴上了无线电项圈。DNA分析发现，其中五只的父亲是302号。这五只中的一只是302号和255号所生。另外四只是302号和U黑或半黑所生。这两匹母狼都没有项圈，所以我们没有它们的任何遗传材料。第六只幼崽的父母是21号和42号。这意味着2003年幸存的九只德鲁伊峰幼崽中至少有五只的父亲是302号，而21号当年养的大多数幼崽都是302号所生。我曾看到302号在聚集地与德鲁伊峰幼崽一起玩耍，我想知道它是不是出于父性本能去探望它们。现在我们知道，它是其中一些幼崽的父亲。灰色的一岁母狼也被套上了项圈，被编为376号。

新年的第一天，我看到U黑在"小美国"的北边与302号调情。德鲁伊峰狼大群就在附近，它们在嗥叫。302号嗥叫回应。我把望远镜转回德鲁伊峰狼群，看到21号直勾勾地盯着302号。那可不是一种友好的凝视。

第二天，有一匹无项圈的黑色公狼与302号和U黑在一起。它看起来比302年轻，而且表现出从属于它，所以它很可能是302号的兄弟。不久之后，U黑回到了德鲁伊峰狼群，像前一年一样。似乎它不认为302号是适合做永久伴侣的对象。它与302号的短期关系与德鲁伊峰头狼夫妇的多年关系形成了鲜明对比。42号仍然喜欢陪伴在21号身边。一天早上出行了一阵子之后，21号趴下了，42号直接走过去，在它身边趴下。

1月11日，道格做了一次追踪飞行，得到了一个死亡信号，来自被驱逐的斯鲁溪母头狼，也是前德鲁伊峰狼217号。另外九匹斯鲁溪狼也在这个地区，它们得到了一具新鲜的马鹿尸体。狼群和猎杀地点在悬崖顶上，217号的尸体在它们下面。一位工作人员后来去了那个地方，研究了它身上的伤口，表明它是被其他狼杀死的。也许217号和新的母头狼发生了争斗，导致了它的死亡。

到1月20日，又有两匹离群的公狼来到了拉玛尔谷。其中之一是194号，是一匹来自莫里斯狼群的大黑狼。它是1997年玫瑰溪狼群的8号和18号所生，所以21号帮助抚养它。当它长大后，它离开了它的家庭，加入了莫里斯狼群。我后来发现，261号，毗邻的斯鲁溪狼群的公头狼，是194号的一个儿子。一匹灰色的公狼陪伴着194号，很可能是另一匹莫里斯公狼。U黑也和它们在一起。这意味着它在那个月和四匹公狼在一起：302号、302号的兄弟、194号以及另一匹莫里斯公狼。

我在第二天早上看到了U黑的姐妹255号和半黑，与302号和它的兄弟在一起。年轻的母狼286号加入了它们。302号试图骑上半黑，又对286号做了同样的行为。286号与利奥波德狼群的两匹公狼在调情。看起来这四匹德鲁伊峰母狼都将由外来的公狼受孕。我想知道哪些母狼会建立自己的狼群，哪些母狼会回到原来的家庭生下幼崽。

1月22日，我得到报告，21号和42号又交配了。第二天，一匹离群的狼出现在拉玛尔谷，这是一匹来自天鹅湖狼群的灰色公狼，它们住在猛犸温泉附近。255号和一岁狼376号跑了过来，在它身边嬉戏打闹。后来半黑也加入了这个群体，这匹公狼有三匹母狼在和它调情。21号看到了正在发生的事情，向这匹公狼冲去。21号不得不把它女儿们的最新追求者赶走三次，最后才把它赶走。

几天后，我在德鲁伊峰狼领地看到了第六匹外来的公狼。那是一匹没有项圈的黑色大狼。我们不知道它是从哪里来的。255 号和半黑已经在和新来的狼打交道了。后来，天鹅湖狼群的公狼走近这群狼，大黑狼把它赶走了。第二天，21 号和其他德鲁伊峰狼把大黑狼从它女儿们身边赶走了，但半黑在它父亲离开后又回到了大黑狼身边。1 月 28 日，21 号和 42 号又交配了一次。

那个月末的一天，我和几个公园的游客一起观察德鲁伊峰狼。一位来自爱尔兰的女士知道很多关于凯尔特家族姓氏的事情。我的父母都是苏格兰人的后代。在我父亲那边，麦金提尔一族居住在高地。那位爱尔兰女士解释说，在一些凯尔特语中，我的姓氏可以翻译为"土地之子"。这也是古代苏格兰人和爱尔兰人对狼一种诗意的称呼。我之前对此一无所知，现在我意识到，我的家族姓氏预测了我的命运。

1 月的最后一天，我看到两匹灰狼与 255 号和半黑在一起。它们来自莫里斯狼群，可能是来找它们的兄弟——斯鲁溪狼群的公头狼 261 号——入伙的。它们分别是 377 号和 378 号，是那年冬天试图得到 21 号五个成年女儿的第七和第八匹离群公狼。378 号后来被看到与半黑在交配。

在那之后，我开车到斯鲁溪，看到了十一匹德鲁伊峰狼。21 号和 42 号在离其他狼不远的地方调情。42 号把下巴放在 21 号背上，和我在鲍勃·兰迪斯拍摄的 1997 年秋天这对狼第一次见面时的情景一样。当 42 号背过身移开尾巴时，21 号闻了闻它的屁股。上午十点四十七分，它们进行了一次交配。当 42 号趴好之后，21 号的两条前腿垂在它的背上，看起来像在拥抱它。二十一分钟后，两匹狼分开了。21 号亲昵地舔着 42 号的脸。42 号趴下，21 号也趴在了它的身边。

六年多以来，这两匹狼每天都在一起。它们都快九岁了，所以它们生命中有 70% 的时间是在一起的。21 号的毛发已经变成了半灰，脸也已经完全变成了灰色。42号的黑毛现在成了灰色法兰绒内衣的颜色。它们就像一些在一起已经几十年的夫妇，一起慢慢变老，但仍然是恋人和最好的朋友。

这让我想起了一个人。几年前，我当时在加州沙漠中的约书亚树国家公园工作，有一天，我在一个小的游客中心当工作人员，是大楼里唯一的员工。一辆汽车进入停车场，一个男人下车，走入大楼。他看起来很眼熟。我犹豫了一下，问道："不好意思，您是约翰尼·卡什吗?"他转过身来，礼貌地说他是。

我们简短地谈了谈，但我感觉到他的情绪很悲伤，所以我就留他一个人待着。他很快就走了出来，开车走了。我知道他和琼·卡特结婚很久了，他们彼此忠诚。那天琼·卡特没有和他在一起，也许是他情绪低落的原因。当他和我谈话时，他不是一个明星，只是一个与妻子和灵魂伴侣分开的孤独者。几年后，我听说琼·卡特去世了。约翰尼一直未能从失去她的状态中恢复过来，四个月后也去世了。这种情况似乎经常发生在那些特别相爱的结婚很久的夫妇身上：一方去世，幸存的伴侣很快也去世了。在日本冲绳，有一个词恰当地描述了这种情况下的个体：ikigai，它可以被翻译成"活着的理由"或"你早上起床的理由"。如果你失去了终身伴侣，可能就没有理由继续生活下去了。

当天晚些时候，我回到了我看到21号和42号交配的地方。德鲁伊峰狼群在斯鲁溪的西边卧下休息。天黑后，当我离开狼群回家时，一切都很平静。不过，那天晚上发生了一件事，改变了一切。

第十九章　2月

2月1日清晨，我接到报告说，有人在拉玛尔河北面的"小美国"看到了21号。它独自出行，这很不寻常。后来听说人们在斯鲁溪看到了其他德鲁伊峰狼。我上了戴夫山，看到德鲁伊峰狼们趴在小溪对面。我收到了253号和两只幼崽的信号。21号的项圈已经失效了，所以我无法收到它的信号。我应该能收到42号的信号，但找不到它。卡罗尔·里克曼打电话报告说，她刚刚在标本岭顶上看到七匹狼。我从那个方向收到了莫里斯头狼的信号，所以那一定是它的狼群。

后来我去了"小美国"的中部，看到十二匹德鲁伊峰狼和21号在一起。它们在一具新的野牛犊尸体旁。狼的嗥叫声此起彼伏。我收到了响亮的德鲁伊峰狼信号，但42号仍然没有任何消息。我向南看去，朝向标本岭的方向，看到了一些莫里斯狼的身影。然后，我在那座山的西端发现了莫里斯头狼夫妇。公头狼正望向嗥叫的德鲁伊峰狼。我得到报告说，其中一匹莫里斯狼的嘴上有血迹，侧面有伤口。这让我觉得德鲁伊峰狼和莫里斯狼可能在夜里发生了战斗。这两个狼群在那天剩下的时间里一直待在各自的位置。天快黑时我离开了，并最后一次试图寻找42号的信号，但没有成功。

次日早晨，我在斯鲁溪发现了十二匹德鲁伊峰狼。21号在那里，但42号仍然不见踪迹。两匹莫里斯狼在标本岭山脊上。我开车到塔楼管理员站，给"狼项目"办公室打电话。德布·格恩西告诉我，丹·斯塔勒刚刚离开机场，正在进行追踪飞行。我让她给丹带个口信，让他用无线电找我。

我开车到了一个可以看到标本岭的地方。我听说那儿能看到七匹莫里斯狼。我调到42号的无线电项圈频率，在标本岭方向找到了它，但这是一个死亡信号。这意味着它项圈中的电子装置已经有四个小时没有检测到任何运动了，所以传输了一个快于正常信号的信号。有的时候，项圈会出现故障，并错误地发送这种信号。我希望现在也是这样。

我听到了追踪飞机的声音。丹打电话告诉我，他在"小美国"发现了莫里斯狼，在斯鲁溪发现了十三匹德鲁伊峰狼。我看到他在标本岭的西端盘旋，靠近我前一天看到莫里斯头狼夫妇的地方。当他用无线电通知我时，丹说出了我不想听到的话。他看到了42号，并确定它已经死了，看上去它是被狼群杀死的。

丹后来告诉我，有迹象表明一场激烈的战斗发生在他看到42号的地方，这意味着它为了自救而进行了奋勇战斗。几天后，道格·史密斯和其他几位"狼项目"的工作人员通过滑雪和穿着雪鞋抵达了那里。两匹看起来像莫里斯狼群的黑狼在这个地区。道格出于研究的目的收集了42号的头骨，留下了遗体的其余部分。

马特·梅茨过来帮忙。他从"小美国"打电话说21号在标本岭的底部附近嗥叫。我想它是在呼唤42号，不知道它已经死了。其他德鲁伊峰狼在路的北边，也加入了嗥叫。我开车到了"小美国"，看到21号跑过马路和它其他的家人会合。在路上，它停了下来，嗥叫着。然后我在标本岭的山脚下发现了七匹莫里斯狼。

我看到德鲁伊峰狼聚拢而来。它们以21号为中心，集体嗥叫，互相呼应。一岁母狼286号向21号摆起了尾巴。它的父亲是一匹内兹帕斯狼，所以21号可以和它交配，但在嗅了嗅它之后，21号走开了。我想它正在专心致志地寻找42号，并不考虑交配。

我可以看到莫里斯狼在远处集合。它们嗥叫完之后，盯着德鲁伊峰狼的方向，然后向之前 21 号的位置走去。我从公园志愿者鲍勃·韦塞尔曼那里得到报告，U 黑之前在那个区域。它对着莫里斯狼嗥叫回应。后来，它与那群狼中的一匹大灰狼相遇，并与它调情，但当其他莫里斯狼走过来时，它跑开了。

那天结束的时候，我开车回家，试图理清发生了什么。我在 31 日晚些时候看到德鲁伊峰狼群在斯鲁溪，一切似乎都很正常。1 日早些时候，它们也在那个地区附近，但我没有收到 42 号的信号，21 号也是独自行动，在它的狼群西边。我们在标本岭上看到了莫里斯狼群，后来得知 42 号的尸体是在它们所在位置的南边被发现的。

在我的想象中，德鲁伊峰狼和莫里斯狼在夜间发生了战斗，可能就在斯鲁溪。当 21 号与一些大公狼打斗时，其他莫里斯狼去追 42 号。它可能向西跑了，可能在追赶过程中受到了攻击。我认为它随后向南穿过了拉玛尔河，穿过公路，继续跑上了标本岭，跑到丹发现了它的地方，其他狼在那里追上了它。第二天早上，有人看到 21 号在斯鲁溪以西，远离其他德鲁伊峰狼，说明它沿着它的气味痕迹来到了那儿，但可能在它过河的时候失去了线索。它回到了狼群，后来又和其他狼一起回到那个地区。它们在那里多次嗥叫，可能是想联系 42 号。当我那天早上在标本岭顶上看到莫里斯狼群时，它们可能正完成了对 42 号的致命攻击后往回走。

德鲁伊峰狼群和莫里斯狼群从 1996 年春天开始就一直不和，将近八年了。那时，莫里斯狼群还被称为水晶溪狼群，它们将拉玛尔谷作为其领地。德鲁伊峰狼，可能是在它们好斗的母头狼 40 号带领下，袭击了水晶溪狼群的巢穴，杀死了它们的公头狼和一窝幼崽。它们还打伤了母头狼，但它活了下来。它和一匹年轻的公狼放弃了它们的领地，让给了德鲁伊峰狼，在鹈鹕谷建立了新的领地。几代之后，莫里斯狼群的现任成员似乎在继续那场战斗，杀死了 42 号，那是最后一匹从当年活到现在的德鲁伊峰狼。德鲁伊峰狼杀死了它们的一匹头狼，现在它们又杀死了一匹德鲁伊峰头狼。但我非常了解42号，我认为它不可能参与对水晶溪公头狼的致命攻击。

2月3日一早，我看到十二匹德鲁伊峰狼回到了它们的主巢穴附近。我想知道是不是21号带领它们回去的，希望能找到42号。那天晚些时候，21号带领狼群向西。次日，它们在斯鲁溪南边，可能是在找42号。286号现在是狼群的重要母狼，正处于它生理周期的高峰。21号在下午晚些时候与它交配了。在接下来的几天里，这两匹狼又交配了三次。由于21号是公头狼，也是有繁殖任务的头狼。如果它不能令母狼受孕，那么像302这样的外来者就会越俎代庖，那21号又要抚养其他公狼的幼崽了。

在那段时间里，我们经常看到U黑和莫里斯公狼194号，以及我们认为是它兄弟的灰色公狼在一起，255号则一直和一匹没有项圈的黑色利奥波德狼在一起，我们认为这是302号的弟弟。这对夫妇在2月7日进行了交配。我们没有看到302号，我想那匹年轻的利奥波德狼，曾经是它重要的母狼，可能把它赶走了。在这个地区，针对德鲁伊峰母狼的竞争太激烈了，302号可能是去寻找其他它可以独占的母狼了。它似乎并不具备挑战其他公狼并取得胜利的能力。

后来，302号找到了一匹来自未知狼群的灰色母狼，和它在一起了。一匹年轻的黑色公狼，可能是另一匹利奥波德狼，也加入了它们，并且是302号的从属狼。我想知道这是否就是2003年底时和302号在一起的那匹灰色母狼，也就是照顾251号幼崽的那匹。

2月的第二周，253号离开了德鲁伊峰狼群。我们在拉玛尔谷的西端发现了它，它在向西走，可能是在寻找伴侣。当它要离开山谷时，我看到它停下来嗥叫。东边几英里处的德鲁伊峰狼也嗥叫着回应。然后253号继续向西行走。德鲁伊峰狼群中只剩下了两匹成年狼：21号和286号，其余的都是狼幼崽。

255号不再和302号的弟弟在一起，而是和它之前遇到的那匹无项圈的大黑狼在一起，它似乎来自莫里斯狼群。它们在 2 月 9 日交配了。我后来看到 302 号的弟弟臀部和肩膀上有伤口，肯定是被那匹大公狼弄伤的。德鲁伊峰母狼 376 号暂时与 302 号的弟弟同行，但它很快就离开了，回到了它的家族，302 号又是独自行动了。

255 号和大黑狼，还有另外两匹莫里斯公狼在一起，378 号和379 号。在 255 号与大黑狼交配四天后，又看到它与 379 号交配。这是它当月交配的第三匹公狼了。

2 月 10 日，我在利奥波德狼群的领地上收到了 253 号的信号。那个狼群有很多年轻的母狼，所以我们希望它能找到一个交配的对象。那一天，U 黑和莫里斯公狼 194 号交配了。在那段时间里，我经常在德鲁伊峰狼的巢穴里收到它们的信号，我一直怀疑是 21 号去了那里，希望 42 号能回到那儿。

15 日，253 号的信号在猛犸温泉地区出现。还有一个信号表明，一匹利奥波德母狼也在这一地区，它俩可能在一起了。但第二天早上，我发现它又独自回到了拉玛尔谷。罗杰·斯特拉德利飞过来，打电话告诉我，他在 253 号的位置以南看到了十三匹德鲁伊峰狼。第二天一早，我在德鲁伊巢穴森林收到了 253 号的信号。2 月 18 日，我看到它和德鲁伊峰狼一起回来了。这是它第二次试图离群，但最终还是回到了自己的狼群中。

302 号的弟弟继续走霉运。2 月 19 日我在亡幼丘上看到了它，德鲁伊峰母狼 376 号再次和它在一起。莫里斯狼群那匹带走 255 号的大黑狼来了，我看到这两匹公狼在争夺 376 号。较大的公狼按倒了利奥波德狼，并咬了它。被按倒的狼跳了起来，跑开了。大黑狼走到 376 号身边，两分钟后就和它交配了。它们分开后，都向北望去。那匹公狼放下尾巴，迅速离开了。我看到 21 号、253 号和 286 号冲了过来。它们追赶着那匹黑狼，然后去找 376 号，它已经离开家一段时间了。老狼在它身边嗅来嗅去，一定是闻到了外来公狼的气味。

那匹大黑公狼坚持了下来，它的坚持得到了回报。下午，我看到376号已经和它团聚了。21号再次跑了过来，大黑狼逃走了。这一次，当21号要接近它时，这个外来者转身咬了21号，然后在21号能够攻击它之前夹着尾巴跑了。21号追赶它，而这匹敌对公狼则逃走了。21号认为事件已经结束，便穿过公路向北走去，进入巢穴森林。但那匹黑狼回头发现了376号，又和它交配了一次。第二天，376号回到了德鲁伊峰狼群。

在2月的最后几天，255号又回到了大黑公狼的身边。U黑与莫里斯公狼194号和它的灰色兄弟在一起。302号和它的母灰狼也仍然在一起。半黑自1月的最后一天与莫里斯公狼378号交配后，就再也没有出现过。我们也没再见过它。随着253号和376号的回归，德鲁伊峰狼的大群现在通常有十三匹狼：四匹成年狼（21号、253号、286号和376号）和2003年幸存的九只幼崽。

42号消失已经一个月了。一些狼观察者认为21号更多时间在独自生活，远离狼群，并猜测它很沮丧，就像一条失去了长期犬类伙伴或人类朋友的狗。我的印象是它比平时更爱嗥叫。我不知道21号现在是否意识到42号已经死了，还是觉得它就是失踪了。如果它认为42号失踪了，它是否想知道它有没有在外面某个地方受伤，坚守着在等它找到它？

当我思考着这些可能性时，一个令人不安的想法出现在我的脑海里。六年多以来，它每天和42号在一起，保护它是自己的首要任务。它现在是否觉得自己让42号失望了？如果它不能保护它的配偶，身为狼群的头狼又有什么用呢？认为自己让它失望的心理影响，对于像21号这样的狼来说，是毁灭性的。

第二十章　3月和4月

　　3月的第一天，302号和它的母灰狼出现在拉玛尔谷。天鹅湖公狼，就是1月份曾接近21号的女儿们的那匹，出现在德鲁伊峰巢穴区域的南部，朝德鲁伊峰狼群的一只灰色雌性幼崽走去。幼崽向它欢快地跑去，它们进行了友好的会面。然后302号和母灰狼来了，天鹅湖公狼把尾巴夹在了双腿之间。302号冲了过来，追着它穿过马路。另一位观察者看到302号攻击并按倒了它。这让我很吃惊，因为302号通常会从对手的公狼面前逃跑。

　　之后，我看到302号回到了母灰狼身边，一只戴着项圈的德鲁伊峰幼崽在它身边嬉戏玩耍。基因分析显示302号是它的父亲。我想知道302号是否能从幼崽的气味中辨出自己是它的父亲。如果是这样的话，那它对天鹅湖公狼的反常攻击就更耐人寻味了，因为它要把一匹公狼从它的小女儿身边赶走。这真是太讽刺了，想想21号曾经多少次把302号从它的女儿身边赶走。我接着想到了21号。当它嗅这只幼崽时，它能辨出它的父亲不是自己而是302号吗？不管它从气味中得到了什么信息，看上去21号对它和对待其他幼崽是一样的。

　　第二天早上，德鲁伊峰狼在水晶溪。21号的女儿255号时而独立行走，时而和莫里斯狼群的大公黑狼在一起。那天我在德鲁伊峰狼群附近发现了它，但当狼群开始出行时，它向另一个方向走去。最终它与莫里斯公狼分开了，不过它的身体曲线显示它们的私情已经导致它怀孕了。

我特意关注了一下21号是如何与德鲁伊峰新母头狼286号互动的。有一天，当21号趴着时，286号向它走来。它站起身，没有和它打招呼就走开了。我在想，它是不是把令它受孕当成了任务，这样德鲁伊峰狼群那年春天会有一窝新的幼崽。它与它的关系与它与42号的亲密关系完全不同。

3月中旬的一个早晨，253号走到21号身边，向它打招呼，并舔它的脸。然后253号举起它的左前爪，21号舔着它儿子的爪子。这是它在11月，即四个月前受伤的那只爪子。它那天一定很疼。舔爪子结束后，253号把爪子移到21号的脸边。让它继续舔下去。21号又一次停了下来时，253号用爪子拍了拍父亲的脸，21号又继续舔爪子。之后，年轻的公狼举起它的右前爪，就是被郊狼夹子夹住的那只，21号舔了爪子上方的区域，也就是被夹子夹住的地方。一切结束后，21号舔了253号的脸。

我记得21号曾舔过另一匹年轻德鲁伊峰公狼224号的脸，当时它被一些兄弟姐妹欺负了。这让我想起了另一件事，当时21号去找一只健康状况不佳的幼崽，和它一起玩耍。21号似乎能感觉到它的家人受伤了，无论是身体上还是情感上，会去找它们，提供特别的关注。

253号现在差不多四岁了，大约相当于人类的三十五岁，而21号很快就九岁了。21号的女儿286号和376号接近两岁，其他所有德鲁伊峰狼大约十一个月大。我有个感觉，21号和253号在一起觉得最舒服，而且和它有一种特殊的纽带。也许部分原因是253号是与21号年龄最接近的狼。另一个问题是忠诚度。253号对家庭的忠诚度和我在21号身上看到的一样，当它还是一匹年轻的公狼时，就帮助它的母亲和8号喂养和保护它们在"小美国"的一窝幼崽。这对父子很像。

3月24日，我从德鲁伊峰狼的巢穴森林中得到了它们的信号，然后发现它们在一棵枯树根部的一个开口周围嗅着。狼群似乎在犹豫是否要接近那个地方。后来我们发现，一头母黑熊选择了那个地方作为巢穴，在那里生下了两头小熊。小熊和熊妈妈还在巢穴里，它可能在向狼群咆哮。

那天早上，我在德鲁伊峰狼巢穴区南部看到了302号。它正向北跑去，朝向公路，而21号就在它身后，准备抓住它。到了公路上，302号沿着公路向西跑去。它绕过两辆大货车，继续向西。21号跑上马路，开始朝那边走，但当它看到货车时又折了回来。它又让302号跑掉了。

之后不久，302号就和2003年那窝德鲁伊峰幼崽中的几只在一起了。它们向302号打招呼，并跳到它的背上。一只灰色的幼崽突然对它发起了攻击。302号咬了它一口作为回应，然后把尾巴夹在两腿中间跑开了。看到一匹大型成年公狼从这么小的低级群体成员身边跑开，真是让人吃惊。302号对幼崽攻击的恐惧反应，似乎并没有让母狼对它产生任何负面的感觉。376号追着302号跑，追上了就调戏一番。这些幼崽很快就要长成一岁狼了，所以从现在开始，我将称它们为一岁狼，与2004年的幼崽相区分。

我们的飞行员，罗杰·斯特拉德利在标本岭北侧的一个支脉山脊上，发现了U黑与莫里斯狼群的194号公狼以及莫里斯狼群的公灰狼在一起，就在水晶溪的西边。26日，我自己又在那里看到了这个三狼组。几天后，我们看到U黑正在那条支脉上筑巢。森林里有一个小的进出口，我们经常看到它和莫里斯公狼194号以及它的灰兄弟在那里。三狼组被称为标本岭狼群。

月底，103号的尸体在塔楼路口西边的马路上被发现了。它被一辆汽车撞死了。103号将近七岁，已经远远超过了黄石国家公园狼的平均寿命。105号，它的妹妹，于2003年6月死亡。第三个姐妹，106号，晶石溪狼群的母头狼，仍然健在。

302号继续出现在拉玛尔谷。一直和它一起出行的母灰狼没有任何踪迹。253号似乎在提防这个闯入者。一天早上，我看到253号在跟踪302号，302号离开了，但速度还不够快。253号全身心地投入到这匹对手公狼身上。302号跑到拉玛尔河边，涉水约10英尺，然后转身面对253号。当253号向它打招呼时，302号从水中退了出来。253号向前走去，走到302号几英寸的范围内，它们互相嗅了嗅。302号退后，转身，跑开了。253号在河的浅水区追着它，但到了深水区时，两匹狼都不得不游泳了。302号到达河远处的岸边，跑出河面，继续逃跑。

后来，德鲁伊峰狼在玉髓溪聚集地的时候，302号又来了。它看到253号就跑了，那匹德鲁伊峰公狼追赶着。21号站起来，看着儿子追赶入侵者，然后和它一起赶走了302号。正如它之前所做的那样，302号跑进了野牛群，把两匹德鲁伊峰公狼甩掉了。

302号在接近德鲁伊峰狼群这件事上从未放弃过尝试。其实交配季节已经接近尾声了，它的坚持可能是它意识到一些小德鲁伊峰狼是它的后代。那天晚些时候，我看到21号又在追它。302号跑到拉玛尔河边，游了过去。21号跳入水中，在它身后游着。302号爬出河面，向北跑去，然后在公路边趴下，回头看了看21号。后来，302号试图啃食德鲁伊峰狼控制的一具野牛尸体，21号又一次赶走了它的侄子。它们的长期争执关系似乎永远不会结束。

4月中旬，我看到三匹德鲁伊峰狼在它们巢穴森林附近的黑熊窝那边。在树底的开口处，可以看到母熊的脑袋。一匹灰色一岁狼走近，母熊拍打了它。另一匹一岁狼走近，熊也向它挥舞着爪子。狼群离开那个位置后，两头小熊从窝里出来，互相打斗，翻滚着下了山。后来，小熊爬上了巢穴上方的枯树干，它们爬得比走路还快。黑熊一家很快就离开了那儿，我们失去了它们的踪迹。

之后，我在布特路口的北部基地附近看到了255号，大约在塔楼路口东北1英里处。它已经在那里待了好几天,我们认为它是在附近的某个地方筑巢,因为它看起来不是怀孕状态了。第二天道格做了一次飞行,看到了一块岩石,似乎是它的巢穴所在地。我们看到255号与两匹莫里斯狼和一匹利奥波德狼在交配,但它们都没有和它在一起。它是个单亲妈妈。

2002年底,在前德鲁伊峰狼的超级领地有五个狼群。现在那里又多了两群狼:U黑的标本岭狼群和255号未命名的单亲家庭(假设它有幼崽,而且它们能活下来)。它们试图挤进一个已经是高密度的地区。我预计一些狼群,可能是小型的那些,会失败。

4月下旬,我们经常看到德鲁伊峰狼在玉髓溪聚集地上山,并越过中麓山,然后消失在南边的树林里,U黑前一年就在那里筑巢。376号看起来已经怀孕了,看到它在那儿筑巢。它与一匹大黑狼交配了三次,那匹大黑狼似乎来自莫里斯狼群,但我也看到376号与302号调情,所以302号也有可能令它受孕。

一个春天的晚上,当我在黑暗中开车回家时,在我的车灯反射中,我看到路上有头高大的动物。起先我以为是一头驼鹿,但当我走近时,我看到那是一头站在我车道上的灰熊。我停了下来,等着它离开道路。

第二十一章　5月

5月初，我检查了位于地狱咆哮区悬崖底部的晶石溪狼群的巢穴，看到了106号，一匹成年灰狼和六只幼崽。最终在那里统计到了十一只幼崽。十一只是黄石国家公园已知母狼的最高幼崽数量，所以有些幼崽也可能是狼群中其他母狼生的。

第二天，我看到21号带着一条马鹿腿回到德鲁伊峰狼的主巢穴森林，这表明母头狼286号在那里有幼崽。后来我们统计了一下，那个地方有五只幼崽，但从空中看到的是六只。前德鲁伊峰狼、现在的单亲母亲255号的信号，那天清晨也从那个地方传出来。然后它回到了自己的巢穴，在西边14英里处，回家花了它八个小时。它可能是对原生家庭进行了一次社交访问。

几天后，有证据表明376号在玉髓溪聚集地后面的树林里生了幼崽。一只黑色的幼崽来到这个区域，376号跑到它身边，反复舔它的脸，并进行了一次反刍。我还看到21号进入了树林。我们发现302号经常在聚集地出现，它也上到了巢穴所在地。这让我怀疑它是否与376号交配过，并认为那里的幼崽是它的。

376号有一个特殊的无线电项圈，可以将它的位置传送到卫星上。丹·斯塔勒分析了数据，发现从4月18日到4月26日，卫星只记录了一次短暂的传输，这使他得出结论，它的大部分时间都是在地下度过的。后来，286号定期访问376号在玉髓溪的巢穴，两位狼妈妈似乎相处得不错。

"狼项目"继续对255号进行监控，它的幼崽似乎没能存活下来。它并没有定期来这里，不像一个带着新生幼崽的母亲。在它放弃这个地方后，我们徒步走到这个区域，在一块巨石下发现了它的巢穴。巨石的边缘留着它的一些毛发。我们在巢穴里没有发现任何幼崽的尸体。由于255号没有公狼来定期帮助它，它可能没有足够的食物来为它的幼崽产生足够乳汁。相比之下，U黑是目前新成立的标本岭狼群的母头狼，就得到了公头狼194号和它的灰兄弟的支持。

水牛角狼群，即由105号建立的狼群，不再有任何戴项圈的狼，我们也无法在地面上看到它们。幸存的成员很可能已经搬到了公园北部的国家森林的土地上，所以它们不再被认为是黄石国家公园的狼群。这使得前德鲁伊峰狼超级领地的狼群数量恢复到了五个，与2002年底的数量相同。

斯鲁溪狼在麦克布莱德湖附近的斯鲁溪上游筑巢。前莫里斯狼261号仍然是公头狼，而那匹没有项圈的黑狼，曾经可能是德鲁伊峰狼，现在是母头狼。狼群有十二匹成年狼，包括三匹莫里斯狼。

5月11日，我在U黑的巢穴里看到了第一只标本岭狼群的幼崽，我们最终在那里数出了五只幼崽。一天早晨，公头狼194号趴着，幼崽们爬到它身上。其中两只在父亲的背上一起玩耍。我们经常看到U黑在那里给它的幼崽们喂奶。

标本岭成年狼在照顾和保护幼崽方面做得挺好。我看到一头黑熊接近了巢穴区域，灰公狼把它赶走了。黑熊爬上离巢穴很近的一棵树，趴在一根大树枝上。U黑在离树15英尺的地方趴下，准备在黑熊下来时将其赶走。它的一只幼崽跑了过来，狼妈妈马上站起来，走到树干旁，用后腿站立靠在树上，确保那只幼崽在附近时，黑熊留在树上不敢下来。等幼崽离开后，黑熊有三次想爬下树，狼妈妈每次都把它赶回去了。等它最后下到地面时，U黑把它赶走了。

302号经常回到拉玛尔谷，似乎对玉髓溪聚集地的巢穴特别感兴趣。5 月 30 日,狼观察者马琳·福尔德看到了 376 号和两只黑色幼崽。我和马琳一起待在公路北面的山坡上,在那个区域对面,她指给我看狼妈妈和两只非常小的幼崽。我们看到它们走在一岁狼的肚子下面,小狼的头距离一岁狼的肚子有 3 英寸。第二天早上,我看到一只幼崽在 376 号身上吃奶。后来,一匹雄性一岁狼向狼妈妈和幼崽反刍了两次。当 376 号走去附近的尸体时,一岁狼留下来照看幼崽。那天晚上,我看到 376 号把一只走得太远的幼崽用嘴叼了回来。

香农·巴伯继续对马鹿犊的存活率进行研究,她得到了与前一年类似的结果:熊比狼杀死的马鹿犊多。她给十一头新生鹿犊戴上了无线电项圈。到五月下旬,只有三头还活着。四头被熊杀死,一头被狼杀死,一头被郊狼杀死,还有一头可能是被熊或狼杀死的。她无法确定第八头鹿犊的死因。

第二十二章　6月

6月上旬，我在玉髓溪聚集地看到了21号。它和德鲁伊峰狼群的母头狼286号在一起，它一定是从主巢穴里它的五只幼崽身边脱身出来休息一下。376号也在那里和它的两只黑色幼崽在一起。286号走向幼崽，温柔地与它们互动。一些野牛进入这一地区，幼崽们立即消失了在这里复杂的洞穴群中。

现在255号失去了它的幼崽，它回到了德鲁伊峰狼群，帮助其他两位狼妈妈。376号的幼崽试图在255号身上吸奶。它肯定还在产奶，因为它站在原地，似乎并不介意幼崽的存在。之后，255号就趴下了。幼崽们爬到它的背上，相互打斗。我们看到一只幼崽是雄性，另一只是雌性。

第二天早上，我看到一匹我不认识的黑色公狼在聚集地与德鲁伊峰狼进行友好互动。它的胸口下部有一道白色的斑纹，看起来比较瘦弱，像一岁狼。德鲁伊峰一岁狼在它身边嬉戏跳跃，376号舔了它的脸，然后用爪子拍了它的头。公狼朝它摇了摇尾巴。这匹新公狼走到其中一只幼崽身边。狼妈妈376号似乎对此没有异议。它低下头，嗅了嗅幼崽。在接下来的两天里，这匹不知名的黑狼一直和德鲁伊峰狼待在一起。在此期间，21号和253号没有过来。

6月11日，我凌晨三点二十分就起床了，在四点三十七分离开我的小屋时，外面还是一片黑暗。地面上有新雪，我们这个高海拔山区小镇的气温是37华氏度（3摄氏度）。当我把车开出车道时，我不知道这一天将成为黄石国家公园狼群故事的一个重要里程碑。

我穿过积雪沿着公路北面的山坡上山，在五点四十七分向玉髓溪聚集地望去。我发现一匹黑狼躺在那里。然后，376号狼从西边走了过来。它的两只幼崽跑到它身边，它跟它们打了招呼。253号和一匹灰色的一岁狼就在附近，向西走去。我在拉玛尔河南岸发现了253号旁边一头公马鹿的新鲜尸体。21号、286号和两匹德鲁伊峰一岁狼在尸体旁或附近转悠。

很快，21号与376号在聚集地会合，然后它去马鹿尸体旁啃食。286号穿过马路，回到主巢穴与它的幼崽们在一起，之后没什么动静。上午晚些时候，我进屋休息，做我的田野笔记，然后在下午六点五十六分又回来。一年中的这个时候，我们对狼群的观察可以持续到晚上十点左右。

我在山上就位，看到德鲁伊峰狼趴在玉髓溪聚集地。376号走到21号身边，舔了舔它的脸。它的两只幼崽和其他狼也走了过来，都对21号摇尾巴。它女儿255号在它身边滚来滚去。

255号和286号开始嗥叫，21号也加入其中，其他成年狼和幼崽也是如此。更多的德鲁伊峰狼跑了过来，向大部队中的狼群打招呼。幼崽们在21号身边互相打斗嬉闹。21号没有和它们一起玩，我以为这只是因为它累了。然后我意识到，最近几个月，我都没怎么看到它和一岁狼或年轻幼崽一起玩。在过去的几年里，它似乎总是竭尽全力地与幼崽互动。

晚上八点三十六分，我看到狼群东北方向有一头公马鹿，255号起身向它的方向跟踪。公马鹿向东跑去，它也跟着跑了。另外两头公马鹿也一起跑。一匹黑色的雄性一岁狼和255号一起追赶这三头马鹿。

我把望远镜转回到21号，以为会看到它向其他狼群奔去。相反，它只是站了起来，看着这场追逐。这不像它。它应该去帮助那两匹年轻的狼，一起拉倒马鹿。但似乎它衰老的身体里已经没有剩余能量了。它已经九岁多了，可能是公园里最老的狼，也是它这一代仅剩的最后一匹狼。

我看到 21 号，意识到它现在是如此瘦削和灰暗。由于我大多数时间都能看到它，所以我没有注意到它外表的缓慢变化，但是当一般游客在离开公园很长时间后又回到公园时，他们会评价它是如此衰老。失去 42 号后，灰暗的进程似乎加快了。最近我再看那段时间拍摄的照片时，我对它的老态感到震惊。

我把望远镜转向追击的狼群，看到 255 号在咬最大的那头公马鹿的后腿。公马鹿停了下来，转过身，面对它。这头公马鹿大概有 700 磅，而 255 号还不到 100 磅。它不敌劲敌，需要帮助。其中一匹灰色一岁狼跑了过来，但它也只是一匹小狼，两匹母狼面对如此庞大的公马鹿是几乎没有机会的。255 号去追一头较小的公马鹿，但公马鹿跑得比它快。它停下脚步，回头向西看看，视线方向投向 21 号。它只是看着。

灰色一岁狼现在正在追赶那头大公马鹿，并且越来越近了。它追了上去，跑到它身边，寻找攻击点。255 号向它们飞奔而去。马鹿现在正朝拉玛尔河跑去，似乎已经疲惫不堪。当它放慢速度时，两匹母狼都紧跟着它。255 号咬向它的后腿，它向它回踢。255 号咬住了它的后腿，但又松了口。两匹母狼需要 21 号来帮忙，用它巨大的力量抓住公马鹿的喉咙，把它摔倒。

马鹿到达河岸，跳下河，拍打着水前行。它向北游去，在远处爬上岸，然后向西跑去。灰色一岁狼下定决心要抓住它，沿着南岸与它并排跑着。在西边更远处，公马鹿重新过河回到南岸，继续向西跑。它现在已经筋疲力尽了，而狼又追上了它。它咬住了马鹿的后腿，但被它踢了回来，它不得不放弃。然后，它又咬住了那条腿再高一点的位置。之后，它又在它的屁股上咬了两口。

公马鹿又踢了回来，完全击中了它。它被踢倒在地，但马上跳了起来，勇敢地继续追赶。追上后，它抓住了马鹿的后腿，但为了躲避被踢不得不松口。公马鹿回到河边，跑进了水里。然后它停下来，转身面对狼。灰色一岁狼从齐胸深的水里游出来，站在它面前。马鹿比它高大。它不敌对手，迫切需要其他狼来帮助它。我环顾四周，没有看到21号。我不明白它为什么不冲进去帮助它的女儿。现在快到晚上十点了，我必须回去了，因为天色越来越暗了。

6月12日是我每天早起去研究狼群的四周年，加起来合计连续1461天了。我在聚集地看到了一群德鲁伊峰狼，但没有看到21号。它的无线电项圈电池没电了，所以我没有办法定位到它。

那匹带着白色斑点的黑色公狼从东边走过来，再次与年轻的成年狼进行了友好的互动。不久之后，我在西边看到了302号。它在那边啃食马鹿尸体，然后继续向东。这匹黑狼偶尔走到302号身边，尾巴中立。两匹狼能走到一起，看起来认识对方，这说明这匹黑狼和302号一样，都是从利奥波德狼群中离群出来的。当新来的黑狼小跑着离开时，302号也跟着离开了。两匹德鲁伊雄性一岁狼加入了它们。三匹狼都把302号视为像高等级的狼。255号走了过来，它们一起进行了友好的会面。

新黑狼、302号和其余的狼群到达了聚集地，与376号和其他年轻的德鲁伊峰狼会合。两只幼崽进入了我的视线。当它们看到302号和新的黑色公狼时，它们消失在了附近的一个洞穴里。302号走过去，向入口看去。幼崽们很快就出来了，试图在母亲身上吃奶。它们对这两匹外来的公狼似乎仍然很警惕。302号走近其中一只幼崽。闻过之后，它在它背上轻轻咬了一口。狼妈妈立即冲向302号，而它则退了回去。两只幼崽都跑进了洞穴，302号再次向洞口看去。所有的狼都趴下了。我回到主巢穴区，收到了253的信号。到目前为止，我还没有看到21号，希望它和253号在一起。

我在当天晚些时候再次出来时，302号和那匹新的黑色公狼仍然在聚集地。253 号的信号继续从主巢穴发出。这意味着它不知道这两匹公狼在聚集地。幼崽们仍然在担心这两匹公狼，当它们看到它们接近时，就溜进了洞穴。再晚一些的时候，新黑狼向东走去，其他成年狼也跟着。在它们往标本岭走去的路上，我跟丢了。我们那天没有看到 21 号，也不知道它在哪里。

黑色公狼后来被戴上了项圈，编号为 480 号，原来它是 302 号的一个侄子。它出生于 2003 年，比它叔叔晚三年，后来证明它是一匹比 302 号更强悍的狼。很快，302 号和它的侄子就会联合起来对付 253 号，并试图接管德鲁伊峰狼群，但这是另一本书的故事。本书的故事是关于 21 号的。

第二十三章　探索

日子一天天过去，21号继续音信全无。很快，一个月过去了，没有人看到它。它的长期失踪表明一定发生了什么。野生动物研究往往就像侦探一样：你总想试图弄清楚发生了什么以及为什么。我回顾了我的田野记录，从头查到1月下旬，寻找线索，帮助我理解21号为什么会离开了它的家人。

42号最后一次被目击，是在1月31日晚上。次日早上，21号独自待在距离其他斯鲁溪的德鲁伊峰狼以西数英里的地方。它走到一具新鲜的野牛犊尸体旁啃食。后来，年轻的德鲁伊峰狼也来陪他。尸体旁的狼经常嗥叫，也许是在试图联系失踪的42号。

我们在南边标本岭的山顶上，看到了莫里斯狼。其中一匹狼的嘴上有血迹，身上有一个新伤口。这是我们的第一条线索，这两群狼在夜间发生了战斗，可能是在野牛尸体那个地方。

正如我之前提到的，我想象着21号与几匹敌对的公狼战斗，而其他莫里斯狼去追赶42号。它很可能在狼群的追击下向南跑过了公路。这个方向会把它带到标本岭山底。在那里，它跑上了山顶，跑到了丹·斯塔勒看到它尸体和战斗痕迹的地方。

2月2日早晨，我们在水晶溪区域的公路南侧看到了21号。它独自行动，嗥叫，似乎在试图找到42号。3日，21号和德鲁伊峰狼回到了它们在拉玛尔谷的主巢穴。这也是可能找到42号的地方。

我研究了我在2月和3月其余时间里的田野记录，查看德鲁伊峰狼们都是在哪里被目击到的。我发现在那段时间里，它们的活动范围遍及整个领域，从它们的巢穴以东 5 英里的圆形草原、到巢穴以西 15 英里的塔楼路口。我在公园那片区域的整段路的南北两侧都看到过它们。当我想到所有这些出行时，我好奇 21 号是否在这些区域里寻找 42 号。

在那几周，德鲁伊峰狼们有三次机会差点找到 42 号的遗体。3 月初，我看到狼群趴在水晶溪流域上方的标本岭山顶上。21 号站了起来，向西走了很远，但后来又停了下来，再一次趴下。它无意中距离 42 号死亡的地点大约 3 英里远。第二天，狼群从那里继续向西走，走到离 42 号死亡地点不到 2 英里的地方，然后被一群大角羊引开了。3 月 26 日，德鲁伊峰狼们再次出现在标本岭上，这次是在斯鲁溪南部。我看到 21 号带领它们越过了山顶，但它们很快就掉头回到了山谷。

286 号应该是在 4 月 7 日左右生下了它的幼崽。它带领狼群回到拉玛尔谷的德鲁伊峰巢穴森林，21 号和其他狼将在未来几个月内驻扎在那里。我想象 21 号在等着 42 号回到那个巢穴，那是它最有可能重新出现的地方。它一直没有来，所有德鲁伊峰狼不得不在接下来的两个月里，全心全意地支持狼群中的两个妈妈和它们的幼崽。

到 6 月初，失去 42 号已经四个月了，但我想知道，21 号的时间感是否已经被扭曲，像老年人一样，也许被压缩了。它是否觉得这段时间短得多？

我最后一次见到 21 号是在 6 月 11 日晚上。7 月中旬，一个户外运动者在德鲁伊峰狼的欧泊溪聚集地发现了一具带项圈的狼的遗体。他拿走了狼的项圈，并把它交给了那附近的管理员迈克·罗斯，迈克又通知了我。我和迈克见面，他把项圈交给我。在皮带的内侧，有一个褪色的无线电射频设备。那是分配给 21 号的。我打电话给办公室的道格，把我们知道的情况一股脑儿告诉了他。

7 月 23 日上午，道格·史密斯、丹·斯塔勒、马特·梅茨、艾米莉·安姆伯格（我那年夏天的同事）、蒙蒂·西蒙森（公园管理局的一名牛仔）和我一起，在德鲁伊峰巢穴森林对面的搭车岗停车场见面。我们骑上马，沿着标本岭的小路上坡，然后转向东边，在下午一点多钟到达欧泊溪聚集地，户外运动者告诉了我们在哪里寻找21号。

我们下了马，走到草地东侧的矮山上，看到了它的遗体。看上去它趴在那儿，是在睡梦中安详死去的。

在我最后一次看到它之后，我想象着它用尽最后一点力气，沿着我们走过的这条路走到草地上，伏卧在那座山上，在附近一棵孤树的树荫下。

我们所有人都对21号很熟悉，但没人能找到一种方式来表达我们的感受。道格和丹取下21号的头骨作为公园博物馆的收藏物。像8号一样，21号老了之后，下巴也有伤。它的四颗犬齿折断了一颗，另外两颗也被削掉了一部分。只有一颗还是完整的。它的其他牙齿对于一匹老狼来说保持得不错。

之后我们分别在这片地方走了一圈。我在茂盛的草地上看到了新鲜的马鹿卧印。有一条欧泊溪的支流流经这里，在草地另一边有一个小池塘。在这么高的地方，春天的野花仍然在怒放，主要种类是勿忘我。

就是在这个地方，1999年9月，我和比尔·温格勒在标本岭上徒步时，发现了德鲁伊峰狼。从远处看，我们看到了21号、42号和它们家族的其他成员在那片草地上卧着，我还记得看到了山上那棵树的树荫。

道格也聊起在他多年的追踪飞行中，多么频繁地看到德鲁伊峰成年狼和幼崽在这片草地出现。这是狼群夏末最喜欢的高海拔聚集地。21号和42号很可能多次在这个山坡上同床共枕，看着自己的幼崽和一岁狼在草地上玩耍。它们就像拥有山顶小屋的人类伴侣，在门厅里看着孩子们玩耍。

对我来说，这里是 21 号和德鲁伊峰狼群的圣地，我觉得自己是个入侵者，所以当道格建议我们骑马离开时，我很高兴。我们在三小时后回到了搭车岗的停车场。

当我开车离开停车场时，我看到一匹德鲁伊峰一岁狼从巢穴森林中走出来，穿过公路向南走去。我们称那个地方为 21 号的十字路口，因为它经常在狩猎时离开巢穴，穿过那个地区，然后沿着同样的路线返回，给幼崽们带去食物。

在回家的路上，我想到了包围着 21 号遗体的明亮的蓝色勿忘我，那一刻，失去它的强烈情绪切切实实击中了我。我为它生命的结束感到悲伤，但又庆幸它能够到达那片草地并在山上卧下休息。它的遗体会进一步腐烂，为勿忘我的繁殖提供一点营养，这是对它的生命和遗产恰当的纪念。

多年来，我有很多时间想到 21 号，为什么它要爬上那片草地？有一段时间，我想这可能就像苏格兰的垂死国王，回到德鲁伊峰狼的祭司时代，爬上高地的一座山峰，最后看一眼它所统治的领地。但我后来意识到，21 号不会出于这个原因而这样做。我对它的看法是，它从不在意它的狼群规模、它的领地范围、它所击败的对手或它所赢得的战斗。21 号是一个从未拥有过王冠的勇士之王，而那座微不足道的小山是它最接近王室的地方。

如果 21 号爬上那座山不是去看它的领地，为什么在它生命的最后阶段，在它强大的力量迅速减弱的时候，它要进行如此艰辛的旅行呢？我认为这是因为 21 号仍然不知道 42 号已经死了，只知道它失踪了。它在整个德鲁伊峰领地的深入出行中没有找到它，所以也许它决定利用它最后的日子去探索，去看看最后一个地方，欧泊溪聚集地，在那里找找它。这是那个地方的意义：它们相见的地方。

42 号不在那片草地上，但 21 号会闻一闻那棵孤树，从它和 42

号多次标记的树干上闻它的气味。那是陈旧的气味，但那是 42 号的气味。至少它还拥有这个。

狼能感受到幸福和快乐吗？我想 21 号在那一刻感受到了。

我想象着它最后走了几英尺到达山顶，在那里它曾无数次卧在它的生命伴侣身边，然后趴下休息。当它慢慢进入梦乡时，我想那棵树上的气味引发了一幅画面。如果是这样的话，那么在 21 号最后失去意识时，它脑海中的最后一个场景，就是 42 号的样子。

后 记

在黄石国家公园北门外的小镇伽德纳,非营利组织"永远的黄石"有一个游客中心和商店。楼里有一个展览室,陈列着关于公园的展品。在这些展品中,有一座雕像。

这座雕像可以刻画在黄石国家公园历史上扮演过重要角色的众多杰出人物中的任何一位。可以是泰迪·罗斯福总统,可以是早期国家公园管理局局长如斯蒂芬·马瑟,可以是著名的公园管理员如霍勒斯·奥尔布赖特或迈克·芬利,可以是卓有成就的野生动物学家如道格·史密斯,也可以是以非凡的方式服务于公园的管理员。当然它还可以是著名的公园灰熊如"疤面煞星",或像8号和21号这样的传奇公头狼。

但这座雕像不是这些了不起的候选对象中的任何一位,这座雕像是42号。

致　谢

　　我首先要感谢我的编辑简·比林赫斯特，她的工作远远超出了职责范围，如果没有她的帮助，我的书稿远不会具有如此的可读性和精炼度。还要感谢出版社的罗伯·桑德斯接受了我关于这个系列的建议。感谢罗威娜·瑞做的润色，感谢梅格·山本对本书最终版本的校对。我还要感谢菲奥娜·萧和纳耶利·希门尼斯为这本书设计的外观，以及所有帮助把它送上书店货架并送到读者手中的努力工作的人。每个人都给予了我大量的支持和鼓励。还要感谢黄石国家公园，感谢它为我、为狼群、为每年访问公园的数百万人所做的一切。

　　我的好朋友劳丽·莱曼阅读了本书的初稿，并对我提出了非常有益的改进意见和建议。

　　还有许多现任和曾经的国家公园管理局的工作人员和野生动物研究人员，他们就他们的工作和对狼的经验向我提出建议。以下是那些对我帮助特别大的人：诺姆·毕肖普、吉姆·哈夫彭尼、鲍勃·兰迪斯、罗尔夫·彼得森、丹·斯塔勒和杰里米·桑德·拉吉。我要特别感谢基拉·卡西迪，为这本书绘制了地图并做了插图。多年来，有数十名志愿者为"狼项目"工作，他们中的每一个人都对我有很大的帮助。还要感谢那些允许我在书中使用照片的摄影师。

　　特别感谢黄石国家公园"狼项目"的首席生物学家道格·史密斯。道格是一位独特的科学家，他能把他所学到的关于狼和自然界的知识与普通人联系起来，不仅能教育他们，更重要的是能激励他们。尽管道格的工作负担很重，对家庭也有责任，但他还是抽出时间来阅读我的手稿，并提出了宝贵的修改和补充意见。道格的无私参与让这本书变得更好。

我想特别致谢两对夫妇，他们给我的生活带来了很大的变化：加里·星山和帕特里夏·伍德，以及鲍勃和安妮·格雷厄姆。他们和数百位狼观察者一起，多年来为我提供了极大的帮助。在许多情况下，当我试图寻找狼的时候，是其他人首先发现了它们，并慷慨地指给我看。我还要感谢黄石国家公园大量的游客，他们在我多年的工作中一直对我很友好。在公园里似乎有什么东西能让人们变得积极主动和乐于分享。感谢多年来我遇到的每一个人。没有你们所有人，我不可能完成这本书。我认为这本书是一个共同努力的结果。

作者说明

　　目睹狼群成员在需要的时候是如何相互支持的，以及受到多年来帮助过我的所有好心人的启发，我将把我的"狼王四部曲"系列的收入捐给黄石国家公园和非营利组织，如美国"愿望成真"基金会和美国红十字会。有兴趣帮助支持黄石国家公园关于狼的研究和教育的读者，可以前往"永远的黄石"网站进行捐赠：www.yellowstone.org/wolf-project。"永远的黄石"是黄石国家公园的官方非营利性合作伙伴，帮助资助公园的"狼项目"，即我曾经为国家公园管理局工作过的项目。

参考文献

Grandin, Temple. 1995. *Thinking in Pictures and Other Reports from My Life with Autism*. New York: Vintage Books.

Haber, Gordon, and Marybeth Holleman. 2013. *Among Wolves: Gordon Haber's Insights into Alaska's Most Misunderstood Animal*. Fairbanks, AK: University of Alaska Press.

Halfpenny, James. 2012. *Charting the Yellowstone Wolves: A Record of Restoration*. Gardiner, MT: A Naturalist's World.

Heinrich, Bernd. 1989. *Ravens in Winter*. New York: Summit Books.

Israelsen, Brent. 2001. "Beloved Wolf, 253, Running with Original Pack." *Salt Lake Tribune*, December 21, 2001.

Israelsen, Brent. 2002. "Wandering Wolf Is Well Known to Yellowstone Visitors." *Salt Lake Tribune*, April 12, 2002.

Kennedy, Des. 1988. "The Great Transformer." *Nature Canada*, Summer 1988.

Kipling, Rudyard. 1895. *The Second Jungle Book*. London: Macmillan and Co.

Mech, L. David, Douglas W. Smith, and Daniel R. MacNulty. 2015. *Wolves on the Hunt: The Behavior of Wolves Hunting Wild Prey*. Chicago: University of Chicago Press.

PBS. 2014. *Inside Animal Minds*. NOVA series, April 23, 2014.

Smith, Douglas, and Gary Ferguson. 2005. *Decade of the Wolf: Returning the Wild to Yellowstone.* Guildford, CT: Lyons Press.

Smith, Douglas W., Kerry M. Murphy, and Debra S. Guernsey. 2001. *Yellowstone Wolf Project: Annual Report, 2000.* Yellowstone National Park, Wyoming: National Park Service. YCR-NR-2001-02.

Smith, Douglas W., and Debra S. Guernsey. 2002. *Yellowstone Wolf Project: Annual Report, 2001.* Yellowstone National Park, Wyoming: National Park Service. YCR-NR-2002-04.

Smith, Douglas W., Daniel R.Stahler, and Debra S. Guernsey. 2003. *Yellowstone Wolf Project: Annual Report, 2002.* Yellowstone National Park, Wyoming: National Park Service. YCR-NR-2003-04.

Smith, Douglas W., Daniel R.Stahler, and Debra S. Guernsey. 2004. *Yellowstone Wolf Project: Annual Report, 2003.* Yellowstone National Park, Wyoming: National Park Service. YCR-NR-2004-04.

Smith, Douglas W., Daniel R.Stahler, and Debra S. Guernsey. 2005. *Yellowstone Wolf Project: Annual Report, 2004.* Yellowstone National Park, Wyoming: National Park Service. YCR-2005-02.

Stahler, Daniel R. 2000. "Interspecific interactions between the common raven and the gray wolf in Yellowstone National Park, Wyoming: Investigations of a predator and scavenger relationship." Master of science thesis, University of Vermont.

Stahler, Daniel R., Bernd Heinrich, and Douglas Smith. 2002. "Common ravens, *Corvus corax*, preferentially associate with grey wolves, *Canis lupus*, as a foraging strategy in winter." *Animal Behavior* 64(2): 283—290.

Wilmers, Christopher C., et al. 2003. "Resource dispersion and consumer dominance: Scavenging at wolf- and hunter-killed carcasses in Greater Yellowstone, USA." *Ecology Letters* 6: 996—1003.

Yellowstone National Park. 2017. *Yellowstone Resources and Issues Handbook: 2017*. Yellowstone National Park, Wyoming: National Park Service. https: //www.nps.gov/yell/learn/resources-and-issues.htm.